# La colline des Anges

TEXTE INTÉGRAL

ISBN 978-2-7578-0153-6
(ISBN 2-02-019828-2, 1re publication)

Photos Raymond Depardon - Magnum Photos

Raymond Depardon
Jean-Claude Guillebaud

# La colline des Anges

*Retour au Vietnam*
*(1972-1992)*

*Éditions Points*

*À Con Thien, la colline des Anges, sur un saillant planté de pins et d'hévéas, les petites tombes en ciment, à perte de vue, sont regroupées par province.*

# Retour sur soi

« Cette histoire ne m'intéresse plus ! » Je garde en tête ce soupir d'un éditorialiste connu qui s'étonnait de nos préparatifs. Quoi ? Retourner à Da Nang ou à Khe Sanh ? Compter les tombes ? S'affliger des obstinations staliniennes ou regretter à voix haute la lenteur de l'« ouverture » ? Consacrer du temps et de la peine à ausculter un malade ayant tant déçu ses « amis » ? Le projet n'avait guère de sens. Le Vietnam, en somme, méritait au mieux cette indulgence un peu lasse qu'on réserve aux tragédies rabâchées et aux parties perdues.

Avons-nous encore affaire là-bas ?

Accompli au moment même ou resurgissait en France la nostalgie indochinoise (qui n'a pas le même objet), ce « retour au Vietnam » ne doit donc rien aux effets de mode. Il participe plutôt d'une disposition d'esprit carrément archaïque : l'impossibilité de « zapper » comme l'époque, sans cesse, nous y convie. Dans le grand chamboulement de l'après-communisme, dans la foulée d'une « guerre du Golfe » qui réinventa l'Amérique-gendarme, ses canonnières et ses supplétifs, en plein embrasement des Balkans, naufrage de l'Afrique, aigres paniques européennes, il pouvait paraître insolite de s'intéresser obstinément à ce lointain pays d'extrême Asie.

Qu'une génération tout entière – ou même deux – ait pu s'embraser, défiler, s'investir n'était sans doute pas une raison suffisante. Dans sa hâte médiatique et ses curiosités changeantes, l'époque fait de l'oubli une vertu cardinale. Si, après chaque massacre, le spectacle continue, c'est qu'il lui faut du neuf. Et niera-t-on que ce zapping-là s'accélère ? Le « droit d'ingérence » exclut le « devoir de suite ». Or nos « ingérences » ont désormais la vie brève et nos générosités sont versatiles. Qui se soucie encore du destin slovaque, des famines albanaises, du martyre kurde, des errements baltes ou de la « démocratie » koweïtienne ? Alors, le Vietnam…

Ces soupirs las, ces ironies discrètes ont naturellement fouetté notre envie de leur désobéir. Nous sommes repartis pour le Vietnam, vingt ans après. Le chiffre rond valait symbole. Et, pour dire les choses simplement, retourner là-bas nous paraissait la moindre des choses.

Vingt ans ? J'avais quitté Saigon, pour la dernière fois, en mai 1972, juste après l'offensive de Giap sur le 17$^{e}$ parallèle, la chute puis la reprise d'An Lôc et de Quang Tri. De furieuses batailles aujourd'hui bien oubliées, « les Verdun du Vietnam ». Raymond Depardon fit son dernier séjour au Sud-Vietnam cette même année 1972. Par la suite, je fus interdit de séjour au Sud-Vietnam de M. Thieû. Mais depuis des années, Raymond et moi, nous savions que nous reprendrions un jour ou l'autre l'avion vers Saigon. Comme on retourne sur ses pas, avec un peu d'effarement.

Ce voyage, nous le sentions bien, ne serait pas ordinaire. Sans doute est-ce pour cela qu'en dix-sept heures de vol, nous n'avons pas beaucoup parlé du Vietnam. Le mot nous intimidait un peu et nous « tournions autour du pot ». Nous nous attardions confusément dans la « bulle » en répugnant à nous arracher aux pesanteurs d'une semaine ordinaire : rendez-vous « urgents », famille, travail en cours... Longtemps après le décollage, nous épluchions encore les quotidiens et les hebdos du jour. (La guerre en Yougoslavie, la campagne électorale américaine, les socialistes français et les « affaires », tout ça...) Il fallut plusieurs heures de vol pour que s'apaisent progressivement en nous cette nervosité bizarre et ces curiosités dilatoires. À l'escale de Bombay, enfin, cueillis par la touffeur subite d'une salle de transit, nous commencions à être rendus à nous-mêmes, à cette légèreté un peu ivre : le vrai départ qui est aussi – toujours – un retour sur soi-même.

Quelques heures plus tard, le jour se levait sur la rivière de Saigon.

*Hô Chi Minh-Ville vue de l'hôtel Continental.*

# Vingt ans après

Tan Son Nhat (aéroport d'Hô Chi Minh-Ville) vers la fin du mois de mai 1992. De minces Vietnamiennes casquées d'encre noire accostent les visiteurs pour leur glisser dans la main des messages imprévus : les cartes de visite d'une boîte de nuit ou d'un « club V.I.P. ». Sans se cacher. Sur le toit de l'aérogare, une foule plutôt rieuse se presse contre la balustrade, chacun cherchant des yeux un visage connu, un client possible. Une effervescence de retrouvailles habite le bâtiment tout entier. Les douaniers eux-mêmes – des « nordistes » – inspectent les bagages avec une rigueur moins glaciale qu'annoncée. Notre vol, il est vrai, ramène plusieurs groupes de Vietnamiens de l'étranger, émus, trébuchant sous le poids de bagages trop neufs. Mon voisin de siège, un vieillard de quatre-vingt-cinq ans installé à Montréal, n'était pas revenu au Vietnam depuis 1974. Dans le hall d'arrivée, je le vois trottiner en faisant rouler son accent québécois sous les plafonds de Tan Son Nhat...

Dès la sortie de l'aéroport, j'observe avec minutie la foule des deux-roues qui nous rattrape à chaque feu rouge, les motos Honda, les cyclo-pousse, ainsi que les marchandes de trottoir, les immeubles, tous ces flamboyants en fleur. Est-ce le Vietnam qui nous attendrit ou le décompte des années ? En contournant l'ancienne rue Tu Do pour arriver – par-derrière – jusqu'à l'hôtel Continental, notre taxi croise deux promeneurs inimaginables. Nous attendaient-ils eux aussi ? Un grand Américain aux cheveux grisonnants, coiffé d'une casquette rouge, tient à son bras une minuscule Vietnamienne en talons aiguilles. L'image vient de loin, elle répète geste pour geste, dégaine pour dégaine, une scène rabâchée d'il y a vingt ans : un GI en permission avec une entraîneuse du Mimi's Bar ou de Chez Carine trottinant à ses côtés. (Ces buffles roux que des putains menues tiraient par le licol vers la mangeoire d'un night-club...) Nous ne rêvons pas : d'anciens soldats américains reviennent errer depuis peu sur les trottoirs de Saigon. (Je dis Saigon car personne n'utilise plus le nom d'Hô Chi Minh-Ville, récusé comme celui de Leningrad, redevenue Saint-Pétersbourg, ou celui de Gorki, retransformée en Nijni-Novgorod.) Leurs silhouettes sont empâtées, leurs regards plus vagues. La Vietnamienne qui les pilote pourrait être la fille de l'entraîneuse de jadis. Celle-ci est sans doute interprète à Vietnam-Tourisme – agence officielle – ou travaille pour l'un de ces *business centers* mirobolants surgis dans tout le pays depuis l'ouverture au capitalisme, en 1986, cette *perestroïka* à la mode vietnamienne qu'on appela ici *doï moï* (rénovation). Des vétérans yankees marchent ainsi dans la ville avec leurs nostalgies à vif et des curiosités ingénues.

Pour eux aussi, cela fait vingt ans...

Le plus troublant, c'est de retrouver Saigon à ce point « ressemblante ». Il est vrai que le Vietnam a entrepris, en trois ans (1989-1992), un voyage à reculons. Comme s'il venait, de lui-même, à notre rencontre. Saigon n'est plus la grande cité éteinte des années « d'après chute », la métropole communiste rêche et revêche : visage qu'elle avait pris contre son gré après que la nationalisation du commerce, des restaurants, des entreprises eut vidé les trottoirs et fait claquer un peu partout les rideaux de fer sur les magasins confisqués. On avait éteint les lampions, bloqué les comptes en banque, proclamé la vertu et l'avenir radieux, rhabillé les femmes en bleu de chauffe. Lointaine époque. Ce communisme imposé se dissout à vue d'œil dans un affairement très « disco » qui rend déjà l'ancienne capitale à sa vocation de ville-pute, d'étourdissant capharnaüm. Les nouveaux mots d'ordre, en accord avec l'époque – fax, marché, managers, business, créneau, *joint-venture* –, prolifèrent aux lieu et place des vieux slogans léninistes. Saigon redevient efficace et cynique, ludique et ingouvernable. Comme avant...

Cette transmutation n'est pas la seule de son espèce. La fin du communisme, le « post-communisme » comme on dit maintenant, produit un peu partout cette même fermentation prometteuse et « dégueulasse ». Entre 1989 et 1991, dans l'ex-URSS ou en Europe centrale, ces symptômes-là nous sont devenus familiers. Sont-ils si réjouissants ? Pas sûr. Juste après la chute du mur de Berlin, on se disait « enthousiasmé », chez nous, par ce qu'on appelait le « génie de la liberté » ou « le triomphe de la démocratie ». Il y eut des livres hâtifs et des propos qui allaient un peu vite en besogne. Dans l'intervalle, il y aurait forcément un long morceau d'Histoire pas forcément très douce. Ni gagnée d'avance. À Saigon, cependant, ce « post-communisme » annoncé ne pouvait avoir le même sens, le même contenu, la même odeur qu'à Varsovie, Bucarest ou Saint-Pétersbourg.

On est au Vietnam.

Trente ans de feu et de cendres, 1 027 085 morts côté communiste et 254 257 côté sudiste ; 56 869 tués dans les rangs américains et un bon demi-million parmi la population civile (dont 430 000 au Sud), une immensité de forêts et de rizières brûlée par le napalm ou les défoliants, 150 milliards de dollars dépensés pour la guerre et 7 800 000 tonnes de bombes lâchées sur l'ancienne Indochine, soit le double de ce qui fut utilisé durant toute la Seconde Guerre mondiale. Puis dix-sept ans de stalinisme impavide, les *bo doï* (soldats nord-vietnamiens) aux manières frustes investissant Saigon. Enfin, l'imprévisible épilogue de ces familles s'élançant chaque nuit des plages du sud pour partir vers l'exil et le naufrage en mer de Chine. Les consciences d'Occident furent réveillées en fanfare par ce raté de l'Histoire qui n'était pas inventé, lui, par la CIA. Il suivait de peu l'incendie dévastateur allumé par Soljenitsyne dans la pensée européenne. Ainsi, pour une ou deux générations, le Vietnam fut-il bien plus qu'un pays du tiers monde. Incarnation du fiasco colonial, protagoniste d'une guerre de trente ans, chair à canon et champ de ruines de l'« impérialisme américain », il devint, *aussitôt après*, un cas d'école stalinien, une dérangeante affaire de *boat people*. Figure sanglante et emblématique de toute une époque, en somme, héritier floué des années soixante-dix.

Les hommes de notre âge ont commencé leur vie d'adulte avec un mot dans la bouche : Vietnam. Partout, en Europe comme en Amérique, il y eut une génération-Vietnam. Se souvient-elle ? Agitation des lycées vers le milieu des années soixante, ivresse bagarreuse des CVB (Comités Vietnam de base), manifs innombrables, banderoles, peuple héroïque… Beaucoup de mots.

Il faut lire aujourd'hui les écrivains nord-vietnamiens traduits en français. Leur désenchantement ressemble au nôtre. Sauf qu'eux ont payé comptant : « Cette guerre n'était pas simplement une lutte contre l'agression, murmure le héros de Duong Thu Huong, dans *Roman sans titre*. Elle était aussi l'occasion d'une résurrection. Le Vietnam était l'élu de l'Histoire. Après la guerre, notre patrie deviendrait le paradis de l'humanité, notre peuple aurait une place à part, nous deviendrions des hommes honorés, respectés… Nous le pensions et nous nous étions détournés des larmes de la faiblesse. Dix ans avaient passé. Personne n'en reparlait. »

Le préfacier de *La Messagère de cristal,* de Pham Thi Hoâi, lui répond d'un livre à l'autre : « Un siècle de violence se referme sur une plaie : Vietnam. Une ère de paix s'ouvre peut-être en Europe. Si elle devait être celle des cimetières, l'un des plus grands aura pour nom : Vietnam. »

Vietnam !

À cette émotion qui nous coupe les jambes dès le premier jour s'en ajoute une autre. C'est ici que beaucoup d'entre nous sont nés au journalisme. C'est à Saigon qu'ils ont affronté, « en grand », les ambiguïtés du témoignage, l'anxiété de ce métier, cette solitude inquiète du reporter qui, par la suite, les a tenus à distance des solidarités militantes. Comme en exil... On a tant polémiqué, plus tard, sur les « erreurs » d'Untel, les « aveuglements » ou les « tricheries » d'un autre qu'on a peu parlé des silencieux. Les circonspects, les mieux renseignés qui pataugeaient plus modestement dans le doute et n'eurent rien à « confesser ».

J'en étais.

Quand les reporters revenaient de Saigon, jadis, ils étaient trop éclaboussés par l'événement pour avoir les idées nettes. Les témoignages qu'ils ramenaient étaient pointillistes, incongrus, trop contradictoires pour être enfournés dans la chaudière des manifs. La conscience des militants était impitoyablement limpide : le Bien, le Mal, le Noir, le Blanc, tout ça... Des conversations désespérantes s'ensuivaient avec des défenseurs résolus de la « cause vietnamienne », grands lecteurs du *Monde* et intraitables sur la « ligne » ou, tout aussi bien, avec des admirateurs du cardinal Spelmann, soucieux de prémunir l'Occident chrétien contre les barbaries d'Asie et la malédiction des « dominos ». Les uns et les autres simplifiaient absurdement, aucun n'était dans le vrai. Mais à quoi sert-il d'être dans le vrai quand on y est seul ?

L'époque, je m'en souviens, préférait les théories aux témoignages. Les reporters étaient ceux qui argumentent et qui pinaillent au lieu de « lutter ». Le Vietnam faisait d'eux – de nous

*Rejoindre la rivière par la rue Tu Do…*

*… attention aux pickpockets, ils sont toujours là.*

– des suspects congénitaux, des abstentionnistes bégueules. Je ne tire pas de ces souvenirs un quelconque avantage ni la moindre gloriole rétrospective. Je garde surtout en mémoire, pour ce qui me concerne, l'inconfort harassant de cette époque. Un désarroi récurrent, une solitude têtue mais piteuse, conjurée à coups de connivences tribales. « Tu te souviens, coco... »

Au fait, a-t-on pensé à écrire que nous n'avions pas tout à fait tort de douter ? Avec le recul, le malentendu paraît simplissime. On faisait mine d'ignorer, au-dehors, la raideur annoncée du stalinisme nord-vietnamien. On préférait s'arrêter à l'héroïsme d'un combat « national ». Au Sud-Vietnam, en revanche, les premiers intéressés nous tenaient tous le même langage : le régime imposé par le Nord sera brutal et obtus. Ils ne s'en disaient pas moins sourdement hostiles à l'Amérique, cette encombrante alliée. Ils voulaient l'indépendance et la dignité, mais sans le communisme. Je me souviens d'avoir, en 1972, titré un article : *« Une seule idée claire à Saigon, le refus obstiné du communisme »*. Puis d'avoir longuement décrit, le lendemain, la corruption du régime sudiste. Deux faces, une seule histoire. Ce paradoxe que nous rapportions de là-bas était-il trop compliqué pour l'époque ? Sans doute. Je repense à ces engagements hallucinés avec un reste de rage. « Je hais l'événement », avouait Paul Valéry.

L'époque, elle aussi, se détournait du réel. Détail : cette piste Hô Chi Minh, que les communistes d'aujourd'hui montrent avec orgueil aux touristes, passait pour une invention de la « propagande impérialiste ». On ne l'évoquait jamais autrement qu'entre guillemets : « la soi-disant piste HCM ». C'est fou !

Vingt ans après... Sitôt posés nos bagages, nous cavalons dans les rues comme on se précipite vers un rendez-vous. Surprise ! Les marchandes de soupe, de cigarettes américaines ou de poissons séchés réoccupent les trottoirs. Dans la rue Tu Do (ex-rue Catinat) qui s'appelle maintenant rue Dông Khoï (rue de l'Insurrection générale), on vend à nouveau d'antiques Zippo aux armes de la *First Cav* américaine (première division de cavalerie aéroportée), des casquettes « Rambo », des vidéos porno, des montres de l'ex-Armée rouge soviétique, des hi-fi dernier modèle et des T-shirts à l'effigie d'Hô Chi Minh.

Au Vietnam, on a toujours su « recycler » n'importe quoi et faire commerce de tout : idées, souffrances ou promesses parties au vent. Il y aura toujours preneur. Japonais, Français, Américains, Russes, Polonais ou Chinois : tous sont venus ici pour faire la guerre ou bâtir des empires. Des millions de personnes, de Milwaukee à Okinawa, transportent avec elles une nostalgie spécifique dont Saigon est l'objet. Cette sédimentation de regrets successifs, Saigon la recycle sous forme de menues babioles, insignes périmés ou bouquins jaunis : dicos russo-vietnamiens, vieux numéros de *Play-Boy*, monographies de l'école française d'Extrême-Orient...

Vers l'hôtel Majestic, des mendiants de cinq ans, vendeurs de cigarettes ou du *Bangkok Post*, nous harcèlent comme hier en baragouinant vingt-cinq langues. Sur les quais de la rivière de Saigon, des prostituées au visage enfariné et aux lèvres peintes, des dames resurgies elles aussi d'une vieille histoire ont gardé la même voix un peu rauque. Elles sont renversées dans des fauteuils de toile et chuchotent : *« Hey, darling ! You're number one ! »*

Saigon compte autant de prostituées qu'avant 1975, dit-on. Ce n'est pas vrai. Mais l'époque est devenue plus cynique. Ou plus exigeante ! Les Chinois de Taiwan ou de Hong Kong, riches voisins de 1992 qui viennent faire des affaires ou se « payer le Vietnam », négligent les entraîneuses ou les taxi-girls. Ils sont plus difficiles que ne l'étaient les GI's, abrutis par six mois d'abstinence à *Holloway Camp* ou à Phu Baï. Ce sont des pucelles qu'ils achètent cash : cinq cents dollars en devises fortes ! Déflorer une vierge est un gage de chance pour les Chinois superstitieux. Si tout redevient « comme avant », au Vietnam, alors ce pourrait bien être

*GMC, Dauphine et même encore 4 CV… éternelle Saigon.*

en pire. Trente années de tueries et de raideurs prolétariennes pour en revenir là ?

Quant aux anciens *boat people* qui fuyaient le « paradis communiste » par dizaines de milliers, voilà que, depuis 1986-1987, ils reviennent. Mais en touristes. On les appelle les *Vietkieus* (Vietnamiens de l'étranger). Ce sont des nouveaux riches aux curiosités naïves et aux manières vulgaires. Des espèces d'Américains jaunes, plus corpulents, plus *cool,* attifés comme des Yankees, et dont les enfants, exhibant leurs Nike, ne parlent plus vietnamien. Installés à Los Angeles ou à Houston, en Australie ou en France, ce sont les nouveaux « oncles d'Amérique » accourus, en billets de groupe, pour conjurer leur nostalgie ou monter des *joint-ventures* avec ces cadres communistes qui furent leurs anciens bourreaux. On les croise dans le *lobby* du Majestic ou sur les plages du cap Saint-Jacques. Ils ont des jeans Levi's, des caméscopes et des sacs Vuitton. Un sillage d'envies et de convoitises s'ouvre sur leur passage. On salue leur réussite d'une interrogation goguenarde : sont-ils encore des Vietnamiens ou des Chinois de Cholon ?

La rue Pasteur conduit à la grande esplanade Công Viên Thông Nhât qui s'ouvre derrière la cathédrale. On marche. C'est peu de dire qu'on a l'âme en charpie. Fouillis familier de Saigon, odeurs de soupes chaudes et de crevettes grillées, effluves de « joint », ici ou là… Sous les arbres, en face du ministère des Affaires étrangères, un grand rassemblement d'hommes, âgés pour la plupart, détonne dans cette ville en liberté surveillée. Assis dans l'herbe, appuyés sur des vélos ou debout, ils s'agglutinent en petits groupes bavards. Manifestation quelconque ? Grève d'employés ? En réalité, ce rassemblement est un rituel quotidien qui fait partie du paysage. Tous ces hommes appartenaient à l'ancienne armée du Sud-Vietnam ou à l'administration proaméricaine que les communistes appelaient « fantoche ». Ils ont séjourné dans des camps de rééducation avant d'être amnistiés. Interdits de travail, empêchés ou insoucieux de réinsertion, ils flottent dans une absence qui les a vieillis. Pendant des années, ils ont vécu dans l'espoir vague d'un visa pour l'Amérique, l'Australie ou la France. On leur disait : « Revenez demain. » C'est ainsi qu'ils ont pris l'habitude de se retrouver devant le ministère des Affaires étrangères.

L'espoir d'un visa s'est évanoui, mais l'habitude est restée. Les voilà devenus les âmes mortes du Vietnam, les « fantoches » du centre-ville, les fantômes inoffensifs du « temps d'avant » qui s'assemblent sous les acacias pour égrener les mêmes histoires d'évasions, de cavales, de départs manqués en bateau, de vies clandestines…

À leur sujet, les Vietnamiens ont inventé une expression apitoyée et moqueuse : « *Ho don gio* », textuellement « Ceux qui attendent le vent ».

Mais quel vent ? Quand ils parlent aux étrangers, les gens du Sud refusent de choisir entre les deux formules : « chute de Saigon » ou « libération d'Hô Chi Minh-Ville ». Ils disent « avant 1975 » pour désigner cette période imprécise qui va, *grosso modo,* des accords de Genève (1954) à la débandade des hélicos Huey sur le toit de l'ambassade US à Saigon (avril 1975).

Avant 1975...

Autour de nous, des milliers de garçons et de filles tournent vertigineusement, comme chaque soir dans Saigon, à trois sur une Honda, à deux sur un vélo. Une ronde jubilatoire et pathétique ; une frénésie de jeunesse dorée mais aussi un bourdonnement de mouches contre les parois du bocal. Les Honda nous frôlent, caracolent, et les filles gantées jusqu'aux coudes ne sont pas les dernières à pétarader d'un feu rouge à l'autre. Nous nous poussons parfois du coude. Ah, ne pas céder – pas trop – à cette nostalgie asiate, façon « anciens de l'Indo » ou prix Pulitzer « qui a couvert Kontum en 1972 » ! Ne pas en rajouter sur le plaisir rêveur que l'on prend à poser son sac à l'hôtel Continental (rouvert en 1989). Ne pas *trop* arpenter cette rue Pasteur en cherchant sur les façades ocre l'ancienne adresse de l'AFP. Il faudra un œil plus neuf pour dire la fatalité de ce pays vainqueur redevenu – dix-sept ans après sa victoire – un pays mendiant de l'extrême Asie.

Saurons-nous faire tout cela ?

La nuit est noire maintenant. Sur le trottoir des rues commerçantes, on a sorti des groupes électrogènes de fabrication japonaise. Le barrage de Triang, construit près de Biên Hoa avec l'aide des Soviétiques, ne suffit plus dès que les pluies s'arrêtent. Saigon est privée d'électricité deux jours par semaine. De loin en loin, devant chaque boutique, les groupes électrogènes ronronnent comme autant de pieds de nez à l'impéritie communiste. À tâtons, on enjambe des fils électriques dans la clarté jaunâtre des vitrines. On baguenaude sans but précis. Parfois, nous entrons dans l'une de ces boutiques où l'on vend, comme autrefois, des coupons de soie de Dalat et des meubles laqués. Saynète inchangée : la grand-mère aux dents rouges de bétel qui veille dans l'arrière-boutique, une fille de la maison qui lâche un roman-photo *made in Hong Kong*, la patronne aux mains potelées qui nous murmure des histoires de fils en Virginie, de maisons expropriées, de boutiques de la rue Dông Khoï confisquées au profit des policiers communistes et de « BK » (Nord-

Vietnamiens) corrompus. Le tout dans un français précautionneux et très doux qui exprime, à lui tout seul, le temps passé.

Vague à l'âme du premier soir.

Assez tard, au Bamboo-Bar de l'hôtel Continental, un évadé des camps de rééducation nous offre des bières chinoises et des histoires tragiques qu'il enfile les unes aux autres, sourire jusqu'aux oreilles. Ses quatorze évasions, ses treize ans de vie clandestine à Saigon, sa femme partie en Virginie... Puis, il se met au piano et nous chante tous les couplets d'une rengaine d'Adamo : « Tombe la neige, tu ne viendras pas ce soir... » En face du bar, au sommet d'un immeuble de l'avenue Le Loï, une grande enseigne flambant neuve, éclairée par des spots, crève la nuit. À elle seule, elle suggère un programme de « sortie du communisme » : *Kenwood-Hifi Stéréo-Night Club-Karaoke VIP Room-Discotheque-Saigon Pub-Health Center-Coffee Shop.*

*Ils attendent un visa pour l'Amérique, tous les jours...*

# Au coin de la rue

On entend partout les mêmes phrases : « Saigon revit », « Les gens ont fait le gros dos pendant quinze ans, maintenant ils relèvent la tête », « Le commerce reprend ses droits »...

Maigres formules, pour dire cet univers redevenu vibrionnant, obstiné, ingénieux, bavard ; cet affairement gagne-petit des trottoirs, ces milliers d'accroupissements minuscules qui, voici un demi-siècle, fascinaient déjà le nouveau venu en « Indo ». Vitalité propre à l'Asie en général, certes, spectacle comparable à celui de Hong Kong, Chieng Maï ou Vientiane. Mais le Vietnam porte à son point limite cette intrépidité bricoleuse et nonchalante, cette « nature » qui attendait son heure derrière l'emphase des vieux catéchismes. C'est elle qui triomphe *in fine* des pénuries tirées au cordeau et des planifications assassines. C'est avec cet art du marchandage ou du compromis, cette science intuitive de l'agiotage et de la débrouille que Saigon, comme Athènes jadis, a su « conquérir son sauvage vainqueur ». Ce

Vietnam accroupi parlote, grignote, touille ses petites affaires en ironisant sur le chaland et sur le temps qui, l'un et l'autre, passent. C'est dans cette ébullition profuse que se sont enlisés corps et âme ces guerriers venus du Nord, *bo doï* ascétiques ou commissaires moralisateurs. Sans doute avaient-ils oublié ce conseil que, dès 1954, Hô Chi Minh donnait aux maquisards du Vietminh : « Vous reverrez la ville après huit ans de maquis. Il ne faut pas vous laisser tenter par les belles choses. Vous avez vaincu dans la simplicité, conservez ces qualités. »

Couleur locale que ces « belles choses » de Saigon ? Pas seulement. Ce pittoresque-là est d'essence politique.

Printemps 1992 : le Sud triomphe bel et bien du Nord. On verra plus tard comment accorder la politique au réel et tirer les conséquences de ce qui crève les yeux. (Il faudra bien repartager le pouvoir et « décoloniser » le Sud.) Aujourd'hui, le commerce l'emporte sur les armes ; une certaine propension au réalisme malin vient à bout des théories armées et de la pauvreté. Le Sud-Vietnam, qui est un peu napolitain, gagne la paix aussi irrésistiblement que le Nord, demeuré prussien, avait gagné la guerre. La déroute du marxisme n'est pas seule en cause. Des sucs mystérieux ont agi, des bactéries invisibles ont travaillé, des enzymes ont patiemment grignoté l'armure.

Rien n'est plus troublant – et plus visuel – que cette victoire-là. Mais peut-on saisir une poignée d'eau ? Comment décrire une alchimie qui opère dans l'infiniment petit ? Avec Raymond, nous revenons sans cesse déambuler sur les trottoirs ou les quais de Saigon, bras ballants dans la foule, butant à chaque pas sur des surprises nouvelles. Cette superfluité nous embarrasse. Raymond murmure, comme il l'aurait fait il y a vingt ans : « Celui qui découvre l'Asie par le Vietnam s'expose à être déçu partout ailleurs. » Parfois, il laisse tomber son gros 6 × 9 au bout du bras. Dépité. Comment photographier tout ça ?

C'est au coin de l'avenue Le Loï et de la rue Pasteur, à une table du café Kem Bach Dang, que nous nous postons. L'endroit est propice aux curiosités plus attentives. De notre terrasse d'angle, nous embrassons quelques dizaines de mètres de trottoir, une brève portion de l'ancien boulevard Charner, l'entrée d'un marché municipal (Saigon en compte plus de cent).

Le café dispose d'une terrasse « à la française ». Au-dessus du comptoir, une fausse treille de vigne en plastique vert pâle grimpe sur des panneaux de laque noire incrustée d'oiseaux en nacre. Un aquarium habité par de gros poissons phosphorescents, deux ménates en cage et une machine à beignets complètent l'univers bien net de la caissière qui ne l'est pas moins.

Sur le trottoir, à toucher notre table, plusieurs commerces ambulants rivalisent au coude à coude. Un « rechargeur de briquets jetables », debout derrière une console de bois peint, a disposé devant lui un attirail de tournevis, pinces à épiler, flacons de gaz. En deux ou trois gestes, il remplit ces Bic ou ces Cricket que nul ne songe à jeter. Sa voisine de droite, riche d'un unique tabouret de bois, aligne des bottes de menthe et des épices en poudre sur des morceaux de papier journal. À côté d'elle, une femme accroupie, coudes sur les genoux et paumes en l'air, offre aux passants un étal de cigarettes américaines, de cacahuètes pilées et d'œufs de caille bouillis.

Entre deux acacias de la rue Pasteur, une fillette balance des porte-clés à musique en psalmodiant une espèce de slogan ; un vieux monsieur en short, coiffé d'une casquette Kubota, agite trois liasses de billets de loterie ; une paysanne en pyjama noir tient à l'épaule un lourd palanquin chargé de crevettes décortiquées et de calmars frits. Une vendeuse de soupe (4 000 dongs, 3,50 francs l'assiette) attise les braises d'un brasero. Dans l'encoignure du premier immeuble, un homme et sa fille tournent la manivelle d'un pressoir à canne à sucre : 500 dongs (40 centimes) le verre. Un peu

*Rue Pasteur face au cinéma…*

*… terrasse à la française.*

plus loin, une adolescente, enfermée dans une guérite artisanale, loue des cassettes vidéo pirates en notant soigneusement le nom de ses clients sur un cahier d'écolier. Elle tire la langue en alignant les lettres et les chiffres : 2000 dongs (1,60 franc) pour vingt-quatre heures, au choix : kung-fu, bluettes romantiques de Taiwan, westerns de série B, clips de rock and roll, vieux films russes ou français. Au pied de sa guérite, quatre vieillards assis sur leurs talons jouent au *mah jong,* imperturbables dans le tumulte.

Sont-ils réels ou non ce détachement étrange, cette imperceptible désinvolture qu'exprime chaque geste ou la plus acharnée des activités de trottoir ? Comme si une inclination joueuse gommait l'âpreté des choses, la dureté des besognes. Saigon, dirait-on, *joue* au commerce, au travail, à vivre peut-être. Le sourire n'est jamais loin des lèvres. Les pickpockets eux-mêmes, qui nous escortent rue Dông Khoï, ne sont jamais tout à fait « au premier degré » ; un éclair d'ironie brille dans leur regard, une connivence sollicitée par avance, tellement ingénue qu'elle les absout un peu. Cette ville vous murmure à l'oreille que rien n'est grave, que les choses demeurent légères, que l'amour ou la mort ne sont pas des jeux si sérieux qu'on le dit. C'est ainsi que le Sud-Vietnam vécut la guerre, jadis. Là gît sans doute une part de son secret. Une part du charme immédiat qui monte de ce coin de rue.

Et encore n'avons-nous pas recensé les marchands plus furtifs qui nous ont sollicités. Vendeurs, vendeuses de coquillages, de noix de coco, de cartes postales, d'albums de timbres, de mangues, de vieux billets de 100 piastres ou de journaux dépareillés, gosses de quatre ans bradant des insignes communistes montés en pin's ou des paquets de chewing-gums, fillettes tendant la main pour un sourire, grand-mères brandissant des hippocampes séchés aux vertus aphrodisiaques, vrais ou faux aveugles déléguant un enfant pour mendier, jeunes filles trop maquillées qui – à l'aller comme au retour – appuient leurs œillades…

Nous n'avons pas compté, non plus, à notre gauche sur l'avenue Le Loï, les étalages profus des *vrais* magasins, ceux qui ont pignon sur rue et dont les vendeuses, cambrées dans leurs tuniques, s'appliquent du matin au soir à rameuter le chaland. Postes de télévision dans leurs cartons, appareils photo dans des pupitres vitrés, cartes géographiques ou bois sculptés reproduisant à l'infini la même femme nue à genoux, mains sur les cuisses, tête rejetée en arrière et seins pointus comme des obus de 130, le même cerf bramant sur fond de pagodes en trompe l'œil ou l'aigle aux serres tendues… Nous n'avons pas davantage enregistré l'inimaginable défilé du boulevard ni ces deux-roues surchargés : orgues électriques Yamaha, meubles chinois en équilibre sur une mobylette, pains de glace enveloppés dans du papier journal, chaussures de femme en vrac dans un sac en plastique.

Cet inventaire ne vaut pas seulement par sa cocasserie. La plupart de ces marchandises sont illicites au regard de la réglementation communiste, c'est-à-dire importées en fraude ou grâce aux bakchichs. Chacune d'elles raconte une histoire oblique, un arrangement, une astuce, une menue corruption. C'est le cas des huit Honda 70 garées dans le seul espace disponible devant notre table. Ces vélomoteurs, qui ont rendu à Saigon son visage d'avant, furent d'abord importés clandestinement par les marins de cargos vietnamiens relâchant en Corée, à Singapour ou au Japon. Des Honda d'occasion dans un premier temps, qui trouvèrent preneurs parmi les familles de cadres ou de policiers enrichis, puis des modèles neufs, vendus aujourd'hui pour 2000 dollars pièce (payés en taels d'or). On se frotte les yeux.

Honda City !

Cette « marée capitaliste » qui recouvre déjà le Vietnam ne s'applique pas seulement au petit négoce. Du dancing au restaurant, de l'électronique à l'hôtellerie, des centaines d'entreprises plus importantes – en marge de la légalité – se sont ouvertes dans le pays et relèguent les magasins d'État au rang de musées subventionnés. Quant aux hôtels – tous nationalisés –, voilà qu'ils se trouvent hardiment concurrencés par ce qu'on appelle ici les « mini-hôtels ». Le plus souvent d'anciennes villas aménagées où les prix sont bas, le service zélé et la direction moins regardante à l'endroit des « dames qui montent ».

Pour un peu, nous prolongerions jusqu'au soir notre inventaire. Raymond photographie en douce nos voisins de terrasse. Deux *Vietkieus* cossus, la mère et le fils : elle, grassouillette en chemisier vert avec des lunettes de soleil dépassant d'une poche, lui en jeans ajustés, sac-reporter de cuir jaune et Nikon en bandoulière. Tous deux un peu distants avec la serveuse, un peu étrangers dans leur propre pays. Juste à côté, deux jeunes lycéennes, cheveux courts et ongles peints, mangent des glaces et battent des cils chaque fois que Raymond les prend dans son viseur.

Sur le trottoir d'en face, rue Pasteur, le cinéma Vinh Quang affiche un kung-fu *made in Hong Kong* et un film sentimental vietnamien. Un de ces films dont le *Saigon Times* (contrôlé par le parti) déplorait ce matin même qu'il s'attache abusivement à « la vie luxueuse et dissolue des nouveaux fils à papa ». Le journal concluait par une prude envolée qui ne porte

*Regard sur l'étranger que je suis…*
*elle n'a pas connu la guerre.*

*Que sont devenues Kim, Marie…*

pas à conséquence : « On dit que nos films sont pleins d'amour. Mais c'est le petit amour. Aucun film ne parle du grand. »

En réalité, le cinéma Vinh Quang de la rue Pasteur résiste héroïquement à la concurrence nouvelle du café-vidéo installé à ses portes dans l'ancien immeuble style années trente des automobiles Panhard. Des centaines, des milliers peut-être, de cafés-vidéo ont ouvert ces dernières années à Saigon. Les jeunes s'y rassemblent devant un Coca à 8000 dongs, hypnotisés par des clips tremblotants de Michael Jackson, à peine regardables à force de recopiages, ou par des rengaines des années soixante réorchestrées par des chanteurs *vietkieus*, tournées en vidéo et en play-back dans les rues de Paris ou sur les plages de Los Angeles. Lucarnes ouvertes sur le dehors et sur ces « paradis » qui sont indubitables puisqu'on les voit sur l'écran…

Devant le café-vidéo, quatre policiers sont assis sur le bord du trottoir. Ils ont visiblement renoncé à combattre la subversion. Chemise gris et bleu, pantalon vert, casquette plate bordée de rouge et badge avec nom, matricule et photo épinglé sur la poitrine. Ils s'épongent le cou avec un mouchoir et poursuivent de furieux dialogues ponctués d'éclats de rire. Être flic à Hô Chi Minh-Ville…

Mais voilà que remontent en nous des sentiments plus ambigus. Il suffit d'un rien. Un groupe de touristes occidentaux passe sur le trottoir, involontairement hideux avec leurs shorts fluos, leurs débardeurs salés de sueur, leurs casquettes et leurs sacoches-bananes sur le ventre. Les voir traquer pesamment le « pittoresque » dans Hô Chi Minh-Ville, s'extasier sur la moindre pouillerie et compter leurs dongs dévalués comme une aubaine, nous replonge *illico* dans un vieux débat. Rien de telle que cette obscénité arrogante du touriste – cette caricature de soi-même – pour réveiller quelque chose comme un scrupule.

Ne prenons-nous pas pour une « couleur locale » ce qui n'est que l'énergie d'un désespoir ? Allons-nous, à notre tour, nous ébahir de découvrir l'autre si « différent » et enrubanner d'adjectifs une misère des rues « tellement plus vivante que chez nous » ? La réponse va de soi : il faut peindre avec un petit pinceau.

À Saigon, comme ailleurs, la vérité est faite de plusieurs approximations tenues ensemble, elle est au moins double ou triple, compliquée, ambiguë… Tous ces gens autour du café Kem Bach Dang, ces commerçants débrouillards, ces gosses infatigables, ces marchandes de soupe, ces « vainqueurs du communisme » sont *aussi* les habitants d'un pays pauvre parmi les pauvres. Leur vitalité, c'est une cavale derrière trois sous, un sursaut du dénuement pas si pittoresque au fond. Chacun d'entre eux, d'ailleurs, paie cash au *công an khu vuc* (agent îlotier) du quartier la permission de faire joujou sur le trottoir. Une rançon que le système en faillite prélève sur la débrouille individuelle, faute d'en venir à bout. 300 000 dongs par mois pour une carriole de soupe, est-ce assez clair ? Quant aux cyclo-pousse « si charmants », qui suivent pas à pas l'étranger, ils sont souvent pilotés par des ingénieurs à 100 000 dongs (90 francs) par mois, des médecins au chômage ou des petits profs dans le besoin.

Dans ce Vietnam en banqueroute, l'inclination pour le commerce, cet art de vivre saïgonais, vire à l'obsession panique. La déconfiture des usines et des entreprises d'État précipite vers les trottoirs bien plus de petits commerçants qu'ils n'en peuvent contenir. Pour évoquer cette fébrilité exagérée qui s'installe sur les décombres du communisme, les Vietnamiens ont inventé une expression. Grâce à la sonorité de la langue, elle chante – mais tristement comme un aphorisme : *Tram nguoi ban, Van nguoi Mua* (« Il y avait dix mille acheteurs pour cent vendeurs, maintenant c'est l'inverse »).

*… Petit Paris… Naples… rue Pasteur ?*

# La route de Xuân Lôc

Xuân Lôc, à soixante kilomètres de Saigon.

C'est à portée de mortier de cette bourgade cernée de plantations d'hévéas que Michel Laurent, photographe à l'agence Gamma, est mort, le 27 avril 1975, d'une rafale d'AK-47 tirée par un soldat communiste. C'était trois jours avant la chute de Saigon. Avec Christian Hoche, du *Figaro*, il couvrait l'ultime bataille que livrait la 18e division du général sudiste Le Minh Dao. En plein accrochage, une équipe d'Antenne 2 se repliait. De loin, impuissant, son cameraman avait filmé la scène depuis l'arrière d'une voiture. Je me souviens avec netteté des images qui furent diffusées à l'époque. Michel court le long du fossé ; au premier plan, un jeune milicien sudiste en uniforme noir tire à la carabine USM1 sur les fantassins VC, puis l'image se brouille...

À Paris, on avait annoncé le jour même la disparition – et la mort probable – de Christian Hoche et de Michel Laurent. En fait, Christian Hoche était seulement blessé. Capturé par les communistes, brutalisé et conduit dans la forêt, il attendra dix jours d'être libéré grâce aux tractations obstinées menées en brousse par Jean Pouget. Un représentant de l'ambassade de France vint, par la suite, reconnaître un corps sommairement enterré à proximité de la route, entre Biên Hoa et Xuân Lôc : celui de Michel Laurent.

Michel était notre ami.

Dix-sept ans après, nous sommes plantés devant le siège du Comité populaire de Xuân Lôc, une baraque sans étage avec des tableaux d'affichage en contre-plaqué, des gens accroupis sur la véranda de planches et un gros flamboyant écarlate à l'ombre duquel notre chauffeur a garé la voiture. Le « camarade responsable » du Comité populaire nous fait entrer dans son bureau. On apporte du thé dans des verres. Le camarade porte un vieux pantalon sans ceinture et une chemise sombre. Son bureau ressemble à un local syndical des années soixante avec une table encombrée de cahiers d'écolier aux couvertures cornées. Le décor est spartiate, confiné dans une moiteur bizarre. Le camarade nous considère avec circonspection. Sans doute est-ce la première fois qu'il rencontre des journalistes occidentaux. Nous le sentons réticent. Nous ne sommes pourtant pas là pour une interview ou une enquête sur la décollectivisation des rizières. Nous réclamons

*C'est ici que Michel Laurent est mort, le 27 avril 1975…*

*… juste à côté d'une école et d'une station-service.*

seulement la permission de circuler dans la province, d'interroger les gens, de nous arrêter en route pour retrouver l'endroit précis où Michel est mort. Nous venons le voir pour nous « couvrir ».

Il est dix heures du matin.

Nous avons quitté Saigon deux heures auparavant dans une R21 climatisée, louée pour 50 dollars à Vietnam Tourisme. En plus du chauffeur, résolument silencieux derrière ses fausses Ray Ban, une interprète « privée » nous accompagnait : M^me^ D., aussi peu loquace que lui. Tous deux savaient parfaitement ce que nous voulions faire et n'avaient fait aucun commentaire. Le chauffeur écoutait des cassettes *vietkieus*, des romances assez nostalgiques et sirupeuses. Nous ne parlions pas davantage, Raymond et moi. Sur l'ancienne « route mandarine » qui conduit à Phan Rang, circulait une cohue de vieux camions russes ou est-allemands rafistolés, d'anciens GMC de l'armée américaine (quarante-deux mille d'entre eux ont été abandonnés sur place en 1975), des motos, des cyclistes et des convois de charrettes tirées par des bœufs. Un affairement pétaradant, crachotant, de guingois, qui témoigne au moins d'une réalité statistique : depuis 1972, la population du Vietnam s'est accrue de vingt millions d'habitants. En vingt ans.

Notre voiture, très « nomenklatura » avec ses

vitres teintées et ses chromes insolents, était la seule de son espèce. À la sortie de la ville, sur plusieurs kilomètres, une murette de ciment séparait la route en deux voies. C'est en 1972 que cette murette fut construite. À l'époque, Saigon redoutait un atterrissage d'avions sur cette belle ligne droite qui longeait les bases US de Biên Hoa et Long Binh. Avions nord-vietnamiens ? Pilotes de l'ARVN (armée sud-vietnamienne) mutinés ? Les deux étaient envisageables. Vingt ans après, la murette est toujours là. En revanche, des bases monumentales dont le général Westmoreland était si fier vers la fin des années soixante il ne reste rien. À Long Binh, un grand terrain vague sablonneux hérissé de broussailles a remplacé les baraquements, les bunkers, les miradors et les pistes bitumées de la base. Rien d'autre. Pas un morceau de béton, pas un bout de ferraille.

À Xuân Lôc, le chef du Comité populaire ne parle pas un mot d'anglais. Ni de français. Il écoute silencieusement les explications en vietnamien de Mme D. Ses sourcils froncés nous laissent peu d'espoir. Pourtant, contre toute attente, le visage du « camarade responsable » se détend d'un coup. Il se tourne vers nous, nous congratule et, avec solennité, nous accorde l'autorisation *formelle* de circuler où nous voulons en interrogeant les villageois. Apprécions-nous la faveur ? Nous levons nos verres de thé. Il insiste : peut-être en trouverons-nous qui se souviennent de notre ami. Il nous souhaite cette chance. Que s'est-il donc passé ? Nous n'avons pas saisi un seul mot de ce que M^me^ D. lui a dit. Qu'importe !

Nous remontons dans la R21 dont la climatisation ronronne encore. Le chauffeur lit, appuyé sur son volant, indifférent à nos tractations. C'est alors que la chose se produit. À peine sorti de l'enceinte du Comité populaire, le chauffeur enlève ses fausses Ray Ban et cherche notre regard dans le rétroviseur. Lui qui n'avait pas dit un mot depuis le matin, il se lance dans un discours abondant et étonnamment précis. Il se souvient de notre histoire et de la mort du journaliste français en 1975. Et pour cause ! À l'époque, il était officier d'aviation de l'ARVN et pilotait un chasseur-bombardier F5. Il avait pris part à cette bataille d'arrière-garde entre Biên Hoa et Xuân Lôc en pilonnant les positions communistes. Le général Le Minh Dao avait fait construire un long fossé antichar qui coupait la route dans la région de Dau Giay. Puis, il avait ordonné à l'aviation de lâcher deux grosses bombes CBU à six kilomètres au nord-ouest de Xuân Lôc et aux pilotes de F5 de faire l'impossible. Les bombes CBU 55B dites « à dépression » sont des engins de sept cents kilos que les Américains appelaient « les faucheuses de pâquerettes ». Lâchées par parachute, elles consomment l'oxygène de l'air dans un rayon de plusieurs centaines de mètres et tuent par asphyxie. La 341e division nord-vietnamienne en avait fait les frais. C'était le 15 avril. Quelques jours avant la mort de Michel, et au même endroit. En nous parlant, le chauffeur s'échauffe et tapote sur son volant :

« Avec mon F5 j'ai mitraillé tout ce qui bougeait dans la zone tenue par les communistes. Bon Dieu ! Je les vois encore courir dans les rizières. »

Il ajoute une information : ce même général Le Minh Dao, considéré comme « criminel de guerre » par les communistes à cause des deux bombes CBU lâchées sur Xuân Lôc, a été libéré après dix-sept années de camp. La semaine même de notre arrivée à Saigon !

Pendant que nous rebroussons chemin vers Biên Hoa, Mme D. s'en mêle. Elle, que nous suspections d'être chargée de nous tenir à l'œil, elle qui campait dans une prudence laconique et répondait par monosyllabes à nos questions, voilà qu'elle murmure sur un ton enjoué qu'on ne lui connaissait pas :

« Vous savez ce que j'ai raconté au type du Comité populaire ? »

En réalité, Mme D. en a rajouté dans la fausse courtoisie en réprimant son aversion de

Saïgonaise en chemisier de soie pour ce culterreux du Nord, ce « coco » analphabète aux ongles noirs. Le mépris des gens du Sud pour ces « conquérants stupides » venus du Tonkin s'exprime visiblement sans retenue à Saigon. Grâce à nos articles, lui a-t-elle assuré, les touristes occidentaux arriveront bientôt en grand nombre à Xuân Lôc, ils apporteront des devises, etc. Ou quelque chose comme ça. Des foutaises que l'autre a pris pour argent comptant. « Un crétin », ajoute M^me^ D.

Nous sommes de l'autre côté du miroir. C'est un de ces moments où, inopinément, un voile se déchire, un silence se rompt, tout un brouillard de prudences s'évanouit.

Sans transition, M^me^ D. nous parle d'elle. Sa famille catholique venue du Nord au moment du grand exode de 1954, son père travaillant jadis pour l'administration « fantoche », leur départ manqué, en 1982, sur un bateau clandestin dont le capitaine avait décampé avec l'argent des *boat people* (500 dollars pour chacun des trois cents passagers), leur arrestation par les *bo doï* et leurs six mois de camp, etc. S'ils n'ont fait que six mois de prison, c'est qu'ils ont acheté leurs geôliers. Le tarif normal, c'était deux ans.

Nous n'attendions pas cette liberté de langage. Le Vietnam est un gros chagrin si longtemps retenu qu'il fuse parfois à l'improviste.

À l'approche de l'endroit supposé, nous scrutons les mouvements de la route, les vallonnements du paysage en pensant aux images d'Antenne 2. Des cyclistes s'arrêtent et nous observent, une main sur la selle. Des paysannes s'approchent de la voiture et tendent des noix de coco ou de minuscules bananes vertes. M^me^ D., bravement, s'aventure sur des petits chemins pour interroger les habitants sortis sur les seuils. Personne ne semble surpris par ses questions. Nous ne cherchons pourtant qu'un repère ténu, un souvenir lointain.

Ce n'est pas si facile. Beaucoup de gens interrogés n'habitaient pas là en 1975. Certains viennent du Nord, d'autres de Huê. Les exodes furent incessants dans le Vietnam en guerre. Peu à peu, malgré tout, les témoignages se font moins vagues. Untel a entendu ses parents parler d'un journaliste tué, tel autre nous suggère de nous arrêter à l'école de Hung Lôc… Voici enfin l'endroit exact. Une borne indique HCM (Hô Chi Minh-Ville) : 53 km. C'est une longue ligne droite légèrement en pente se terminant par un virage vers la droite : le cadrage d'Antenne 2, exactement.

Nous descendons de la voiture. La campagne est boisée, semée de maisons étroites en béton peint. Raymond photographie les véhicules qui défilent sur le bitume : tracteurs haut perchés fabriqués avec de vieux châssis de

GMC, bicyclettes équipées d'une grosse batterie et d'un poste radio tenu par des élastiques, camions asthmatiques transportant des cochons morts dans de grands paniers d'osier...

Nous regardons les bas-côtés. Une poussière rouge salit le bitume. C'est là.

Je ne sais plus très bien ce que nous sommes venus faire sur ce bout de route. Raymond non plus. Depuis que nous avons pensé à revenir au Vietnam, nous savions pourtant qu'il y aurait cette halte et ce bout de fossé retrouvé. Les reporters ne signaient pas de pétitions mais soixante-treize d'entre eux sont morts dans cette guerre. Michel fut le dernier.

Un homme coiffé d'une casquette s'approche de nous. Son envie de parler est évidente. Il nous donne son nom d'entrée de jeu: Anh Thang, ce qui signifie « la victoire ». Il a trente-sept ans et habite ici depuis toujours. D'un geste furtif, il nous désigne sa maison, à gauche de la route. Toutes les autres bicoques des alentours ont été construites après 1975 par des gens de Huê venus pour « chercher une vie plus facile ». Cette région s'appelait Bau Ca avant 1975, maintenant c'est Hung Lôc.

Se souvient-il?

Il fait oui de la tête et se tait.

Depuis le début, Raymond le photographie en plan très rapproché et l'autre affecte de ne

*C'était le dernier jour de la guerre… il avait 28 ans.*

rien remarquer. D'ordinaire, Raymond cadre les gens d'assez loin. Son insistance ne m'étonne pas vraiment. Je sais déjà pourquoi, cette fois-ci, il s'applique aux gros plans. Lorsque nous remontons dans la voiture, nous pensons tous les deux à la même chose. L'homme à qui nous venons de parler ressemble trait pour trait au jeune milicien sudiste qu'on voyait tirer à la carabine USM1 sur les images d'Antenne 2. D'ailleurs, les dates et l'âge concordent. Ce garçon avait vingt ans à l'époque. C'est lui...

La voiture redémarre. Pendant un court moment, nous reparlons de Michel, des cigares qu'il fumait, de son visage d'angelot naïf encadré par des cheveux bouclés.

Plus un mot jusqu'à Saigon.

# Les déchirures

Nguyên T. V. nous tombe dans les bras. C'est un confrère. Avant 1975, il était l'assistant – le *stringer* – d'un journaliste de la BBC. À l'époque, chaque journaliste en poste au Vietnam avait le sien. Assistant, interprète, traducteur de la presse vietnamienne, le *stringer* devenait souvent un ami. Quelques frayeurs vécues ensemble, une guerre traversée côte à côte favorisent des amitiés qui sont rarement superficielles. Le film *La Déchirure* en témoigne assez fidèlement. Aujourd'hui, le mot même de *stringer* remue en chacun de nous des souvenirs légèrement irritants, comme autant d'échardes restées sous la peau.

Après la guerre, les journalistes sont partis mais les *stringers* sont restés. On s'en allait, salut... On ne voyait pas, sur le moment, qu'un peu de chair partait avec le pansement arraché d'un coup sec. Nous avons tous laissé derrière nous un visage, une silhouette, un nom, une certaine façon de bougonner quand les choses n'allaient pas très bien... Le Vietnam désormais

*Jouer les touristes au musée de la Guerre…*

*… dans ces grands jardins…*

*… et ces anciennes maisons coloniales.*

n'était plus notre affaire. Elle restait la leur. Il y eut de longs silences étirés sur plusieurs années. Des lettres anodines, quelques messages plus pressants transmis par des voies détournées. Le Vietnam réunifié avait tiré le verrou et s'éloignait dans la brume du passé.

Comme tant d'autres, Nguyên T.V. s'était retrouvé seul dans Saigon rebaptisé Hô Chi Minh-Ville. Le journaliste de la BBC pour lequel il travaillait n'avait pas eu le temps de le payer avant d'être expulsé. Nguyên T.V. n'avait plus ni emploi ni argent. Comme ancien collaborateur de la « presse impérialiste », il appartenait à la catégorie des « ennemis du peuple » à rééduquer. Il fut rapidement arrêté et conduit dans un camp, près de Nha Trang. Au bout de quatre ans, muni d'une fausse carte d'électeur, il parvint à s'évader, mêlé à un groupe de familles visitant les prisonniers. Il fut repris. S'évada à nouveau. Fut repris, s'évada encore. Tenta plusieurs départs en bateau, échoua, fut arrêté, s'échappa à nouveau. Comme beaucoup d'autres...

Et comme beaucoup d'autres, il parvint à vivre en clandestin à Hô Chi Minh-Ville. La nuit, il dormait à bord des bateaux ancrés sur la rivière. Le jour, il survivait grâce à de menus métiers : cyclo-pousse, vendeur de journaux, changeur de devises au marché noir. Onze années passèrent. Oui, onze... Sur son transistor, il continuait d'écouter les bulletins d'informations du service international de la BBC. À plusieurs reprises, il entendit ainsi « son » journaliste qui couvrait désormais d'autres histoires, traversait d'autres guerres, employait d'autres *stringers*. Et puis vint ce jour de 1986. Comme il déambulait, rue Dông Khoï, il n'en crut pas ses yeux. Sur le trottoir d'en face, il avait reconnu le reporter de la BBC revenu à Saigon à la faveur de l'« ouverture » proclamée. Son ancien patron. Son ami anglais. Il raconte cette journée comme s'il récitait une fable.

« C'était trop risqué pour moi de traverser la rue pour aller le voir. Alors je l'ai suivi de loin. Au bout d'un moment, j'ai réussi à m'approcher de lui discrètement. Il n'en revenait pas de me retrouver, il écarquillait les yeux. Moi, je ne pouvais pas lui parler trop longtemps. Je lui ai vite demandé mon argent. J'en avais besoin, je crevais de faim. Le type était catastrophé. En tapant sur ses poches, il m'a dit qu'il n'avait pas d'argent sur lui. Je n'avais qu'à le contacter, dès ce soir, à l'hôtel Caravelle, chambre 505. Je n'ai même pas eu le temps de lui répondre, il y avait des flics dans le coin. J'ai continué mon chemin sans me retourner. En réalité, il aurait dû comprendre que c'était absolument impossible pour moi de le contacter à l'hôtel Caravelle. Nous étions surveillés, les grands hôtels l'étaient plus encore. Voilà... Je ne l'ai plus jamais revu. Quelques semaines plus tard, en écoutant la BBC, j'ai reconnu sa voix. Il racontait cette histoire, nos retrouvailles manquées. Il avait l'air ému. Il disait que cette rencontre l'avait troublé, des choses comme ça. »

Avant de quitter Saigon, je rends visite aux parents de Dinh, près de la rue Nguyên Tung Truc. J'apporte des lettres et quelques dollars que Dinh m'a remis à Paris. Dinh fut mon *stringer* il y a vingt ans. Son histoire est identique à celle de Nguyên T. V. : cavales incertaines, tentatives de fuite par bateau, survie plus ou moins clandestine dans Hô Chi Minh-Ville.

Pendant vingt ans, Dinh m'a écrit de loin en loin. Peut-être deux lettres par an, tapées à la machine sur du papier pelure et confiées à des « pigeons » sûrs. Chacune d'entre elles marquait une descente vers une détresse résignée et gouailleuse, la seule que s'autorisent les Vietnamiens. Autant d'appels au secours, de signaux sans illusions. Face aux communistes, Dinh, que j'avais connu antiaméricain, nationaliste, mais horripilé par l'aveuglement de ceux qu'il appelait les « intellos » occidentaux, campait dans une hostilité sans nuances. Il s'enfermait résolument dans un exil intérieur et en rajoutait dans l'effroi sarcastique : « Tu verras. Si les cocos perdent la partie, il y aura un bain de sang, ici. Les gens du Sud ont trop de comptes à régler. Et je ne serai pas le dernier. »

En octobre 1991, Dinh a enfin obtenu le visa qu'il attendait. Il est arrivé à Paris sous un crachin d'automne. C'était la première fois qu'il quittait son pays, qu'il découvrait l'Europe, la France, l'hiver… Nous ne nous étions pas vus depuis dix-neuf ans. Je me souviens d'un dîner étrange, carrefour de l'Odéon, de certains silences difficiles à briser. Quelques jours après son arrivée et le passage obligé par le centre d'immigration de Créteil, Dinh se repérait sans problèmes dans le métro. Il avait trouvé un travail de manœuvre en banlieue. Sans trop d'illusions pour l'avenir. Dinh avait passé la quarantaine. Il savait que la France n'est pas un paradis pour tout le monde.

Moi, je préparais mon retour au Vietnam. En somme, nous nous croisions.

# Correspondant de guerre ?

À Paris, Dinh m'a rappelé quelques souvenirs communs. Tous ne sont pas glorieux.

***Pleiku, 13 mai 1972 (Carnet de notes)***

Un détail, un simple détail me tarabuste depuis hier. Une scène de coulisse dont je n'ai pas parlé dans mes articles. Cela s'est passé en fin d'après-midi sur la piste d'atterrissage de Kontum, à quatre-vingts kilomètres d'ici. Avant d'y venir, quelques explications s'imposent. Dinh est mon *stringer*. Ancien étudiant devenu photographe pigiste pour l'AFP, il voyage avec moi, me sert d'interprète, de guide, de conseiller. En échange, je prends tous ses frais à ma charge. Nous avons souvent eu la frousse ensemble.

Depuis plusieurs jours, nous errons, lui et moi, dans la débâcle. Au quarante-troisième jour de l'offensive communiste, les fronts craquent de partout. Surtout ici, sur les hauts plateaux, où la situation n'a plus grand-chose à voir avec celle que j'avais connue l'an dernier. Nous naviguons au milieu de soldats en déroute, de réfugiés chargés de balluchons et de marmaille. Nous traversons des cohues indescriptibles avec, de loin en loin, des enclaves tranquilles : une gargote au patron fataliste, un village montagnard demeuré immobile et calme dans la fournaise…

Fournaise ? Dans cette région des hauts plateaux, presque toutes les bases de l'ARVN qui protégeaient Kontum et Pleiku sont tombées : Dak Tô, Pleikleng, Yankee, Charlie, Bravo, Lima, Ngotrang, Benhet (réoccupée le 10 mai)… Plus grave encore, la forteresse de Tan Canh a été investie le 24 avril à six heures du matin par les chars communistes. L'un des trois conseillers américains rescapés (sur neuf), le colonel Terry Mc Clain, m'a raconté cette matinée incroyable : « Bon Dieu ! On a d'abord entendu les moteurs des chars, dans la nuit, avant de les voir. Ils roulaient tous phares allumés sur la route, comme sur une *highway* de Los Angeles. C'était impossible ! Mathématiquement, ces T54 ne pouvaient pas se trouver là. Ils auraient dû être détruits depuis longtemps. »

Mc Clain a été récupéré *in extremis* par un Huey et ramené à Pleiku, plus mort que vif.

Dans cette folie, grâce à Dinh – uniquement grâce à lui –, j'ai pu interroger des soldats de l'ARVN en débandade. Surtout des Rangers du 2e régiment de la 23e brigade. Ils avaient fait des kilomètres au pas de course, sans boire ni

manger. Ils rôdaient au hasard dans les rues de Kontum, dont la plupart des habitants ont déjà fui vers le sud. On n'avait pas envie de se moquer de ces déserteurs effarés, des gosses aux mains tremblantes, des fantassins lâchés par leurs chefs. On avait mis au point une technique d'interview: Dinh accostait un soldat, en lui proposant une cigarette. L'autre se calmait peu à peu. Nous nous installions sur le bord d'un trottoir et, aussitôt, le type se mettait à parler. Longtemps, très vite, sans respirer. J'ai axé mon papier d'hier sur tous ces récits de fuite qui contrastaient avec le discours triomphant que vient de faire Richard Nixon à Washington et qu'on écoutait ici sur des transistors. Le regard des soldats, lorsqu'ils nous parlaient, balayait sans cesse les alentours avec terreur; ils sursautaient à chaque départ d'obus.
Il est vrai qu'on ne donne pas cher de Kontum. Un seul poste a l'air de tenir solidement, November, à trois kilomètres au nord de la ville. On vient d'évacuer l'orphelinat. Au-dessus de la ville, c'est un tourbillon confus de B-52, de Skyraider, de F-5 et de Cobra. Difficile d'évaluer l'imminence du danger quand on reste au niveau de la foule, comme ça, loin d'un bunker ou d'un poste de transmissions. Dans la ville, les gens qui ne sont pas encore partis s'affolent. Déjà, les places se négocient fort cher sur les hélicos de l'ARVN. Les pilotes profitent de l'aubaine pour évacuer les gens riches au prix fort, quitte à

laisser tomber leurs missions de ravitaillement. Avec Dinh, on était tellement pris par notre reportage qu'on ne réfléchissait pas à notre propre évacuation. Bon Dieu, on tenait une sacrée bonne histoire !

Vers dix-sept heures, le problème se pose. Il faut rejoindre Pleiku pour transmettre. On va voir les conseillers américains. Au bunker où ils sont retranchés, nous retrouvons une demi-douzaine de journalistes, surtout des Américains. La cafétéria est toujours ouverte – image surréaliste –, mais dehors, sous les barbelés, des soldats installent des mines Glaymore en déroulant leurs fils électriques. Le *senior adviser* commence par nous envoyer promener. Si on croit qu'il peut mobiliser un seul hélico pour une poignée de journalistes « irresponsables » ! Il est exaspéré par notre présence. Je peux comprendre ça. Mais un type du *Washington Post* lui répond sur le même ton : « Est-ce que vous vous rendez compte que vous êtes responsables de plusieurs envoyés spéciaux de grands journaux ? Vous avez envie qu'ils soient bloqués ici ? Ou tués ? » Ils s'engueulent un long moment. La scène est un peu gênante.

Finalement, le *senior adviser* cède. Pouvait-il faire autrement avec le *Post*, le *Los Angeles Times* et le *Boston Globe* sur le dos ? Nous allions attendre près de la piste ! Il allait dérouter un Huey pour nous ramener à Pleiku. Ayant dit cela, il tourne les talons.

Nous nous retrouvons à plat ventre en bordure de la piste. La nuit tombe. Nous sommes environnés d'explosions, de fumée, de déserteurs affamés. Près de nous, les Cobra viennent se poser quelques minutes, le temps de remplir leurs réservoirs et de réarmer leurs lance-roquettes. On sent, à distance, la chaleur de leurs carlingues. Tous les soldats vietnamiens qui nous entourent, sans armes, en treillis déchirés, guettent eux aussi une « occasion » : le miracle d'un hélico.

Au bout d'une heure, un Huey se pose à deux cents mètres. C'est le nôtre. Nous courons en désordre. L'un des pilotes a penché la tête au-dehors et hurle à notre intention. « *Quick ! Quick !* » Nous sommes rapidement à bord, entassés sur la plate-forme. Juste derrière moi, j'aperçois un déserteur vietnamien recroquevillé au fond de l'appareil. Il a réussi à se glisser en douce parmi nous et, sitôt monté, son visage s'est éclairé. Tout s'est passé en quelques secondes. Le gosse se voit déjà sauvé. Il est heureux.

C'est au moment précis où nous allons décoller que l'un des pilotes, tourné vers nous, remarque sa présence. Il enlève son casque et ses écouteurs, se lève brusquement de son siège pour contourner la carlingue. Puis, il saisit le gosse par le col de son treillis et, sans dire un mot, le jette dehors. Aucun de nous n'a bronché : ce n'est pas notre affaire. Nous décollons aussitôt et, quand le Huey amorce son virage, j'aperçois tous ces soldats

vietnamiens qui nous regardent décamper, la tête levée vers le ciel.
J'ai honte.
Cette fois, je me sens touriste, V.I.P. de merde, crapahuteur en dentelle. Correspondant de guerre, tu parles !

# L'opium du peuple

Un dimanche à Saigon, devant la cathédrale de brique rose dont la masse domine les quartiers du centre.

Il est à peine dix-neuf heures mais la nuit est là. Des bouffées de cantiques circulent jusqu'au-dehors. C'est la messe du soir. L'église déborde à ce point qu'une deuxième assemblée de fidèles s'est formée sur le parvis : des dizaines de Honda rangées en épi, avec conducteurs et passagers à califourchon sur la selle. Appuyés au guidon, endimanchés et recueillis, ils articulent les paroles des cantiques et des psaumes dont la rumeur confuse leur parvient. Étrange escadron de deux-roues qu'un signal a figé dans la prière, absolument immobiles, selle contre selle, guidon contre guidon. On devine qu'ils reprendront bientôt, en un clin d'œil, leurs pétarades, leurs courses et leurs jeux dans l'obscurité des avenues. Comme l'image d'un film, un moment arrêtée, se remet en mouvement.

Dans l'église comble, un chœur d'hommes et de femmes chante à pleine voix. Les élégantes sont en *ao daï* (tuniques) ajustés ou en chemisiers blancs. Des barrettes de nacre relèvent leurs cheveux noirs haut sur la nuque. Un gros contingent de jeunes occupe la nef et les chapelles latérales. La ferveur est aussi manifeste qu'à Moscou ou à Budapest. Elle signe le même désarroi post-communiste. Ou la même espérance.

Les églises sont pleines comme jamais, au Sud-Vietnam. Le catholicisme flamboyant et têtu des réfugiés de 1954 a planté ici des traditions que dix-sept années d'athéisme obligatoire n'ont fait qu'aviver. Mais les pagodes ne sont pas en reste. Restaurées, repeintes, rouvertes au bord des routes, elles ont déjà reconquis le terrain perdu. Et si les bonzes ou vénérables demeurent tenus à l'œil et même persécutés par le régime, ils sont à nouveau une force avec laquelle il devra composer.

# Le blues de la gare

Les gares sont les aveux d'une ville. C'est là qu'affleure la détresse. On y voit un menu peuple sans artifices, surpris dans l'empressement, la sueur, la fatigue inquiète. Les quais de chemin de fer sont des coulisses offertes au regard, des étalages sans tricheries. À Saigon, on y retrouve presque à l'improviste cette face plus noirâtre de la pauvreté asiatique, ces familles congestionnées sous le poids des bagages qu'on dirait ficelés à la hâte pour un exode. Saigon, c'est aussi cela : des vagabonds par milliers, des drogués, des orphelins et des familles entières qui, chaque soir, se roulent dans une couverture rapiécée à même le trottoir. Vérité crue des gares…

Nous ne sourions plus. Dans cette foule agglutinée, nous sommes subitement comme des corps étrangers, des resquilleurs insolites avec nos valises compactes, nos billets en ordre et nos provisions d'eau minérale. On ouvre tout grand devant nous des portes qui demeurent fermées pour les autres, on nous assiste exagérément, on nous accompagne avec une

*Quitter Saigon par le train pour Hanoi… enfin!*

sollicitude dérangeante. Lorsque nous passons, la foule s'écarte en silence, un sillage se forme jusqu'aux guichets. Nous n'aimons pas beaucoup cela. Nous voudrions être quelqu'un d'autre, jaunes et pieds nus peut-être, anonymes en tout cas.

Je connais bien ce bref moment d'embarras à la porte des gares lointaines. J'ai pris d'autres trains, plus pouilleux encore que celui-ci, plus improbables, moins assurés que ce trait bien net sur les cartes, tiré jadis entre Saigon et Hanoi. Ce pari colonial de mille sept cent trente-huit kilomètres que la guerre avait mille fois brisé, tronçonné, haché menu ; ce nerf de métal déroulé en 1938 par les Français entre les deux paniers du balancier vietnamien : le cochinchinois et le tonkinois avec, en son milieu, l'étranglement de l'Annam. Voie étroite et cahotante, corridor de cailloux et de traverses que les Français avaient appelé le Transindochinois et qui fut, à partir de 1954, sectionné net au passage de la rivière Ben Haï, sur le 17e parallèle. Et mille fois concassé par les bombes en vingt et une années de guerre, au Sud comme au Nord.

Les vainqueurs de Hanoi ont baptisé *Thong Nhat* (réunification) ce train chargé de symboles qui, rafistolé, tient de nouveau aboutées les deux moitiés du pays. Ils en font grand cas et lui consentent, dirait-on, quelques faveurs coûteuses mais juste suffisantes pour qu'il roule à quarante-cinq kilomètres à l'heure. Sa circulation quotidienne ne tient pas seulement du miracle. Elle participe d'une intention politique. Comme s'il avait fallu trente années de guerre pour raccorder enfin ces deux immenses tronçons. Plusieurs catégories de convois y circulent. Les plus lents, les moins confortables, doivent se garer périodiquement, à l'écart de la voie unique, pour laisser passer les « express ». C'est un train « lent » que nous voulons.

Nous nous casons dans le hall de la gare bien avant l'heure prévue. Mme D. a choisi un jean neuf et des espadrilles, elle a coiffé une casquette qui lui donne l'allure d'une *Vietkieu* de Los Angeles. Elle n'est guère plus à l'aise que nous. C'est la première fois qu'elle prend ce train « nordiste » et, sans doute aussi, qu'elle se mêle d'aussi près à la foule. On entend, relayée par les haut-parleurs de la gare, une version vietnamienne de *Capri c'est fini*. Une banderole tendue au-dessus des guichets proclame en lettres jaunes sur fond rouge : « Tous les fonctionnaires du chemin de fer doivent travailler avec sûreté et dévouement. » Une centaine de personnes se débattent aux portes du hall, barrées par un *bo doï* inflexible.

Raymond rôde à l'extérieur et remet sans cesse l'œil au viseur. Pas un mot. Nous retenons au bord des lèvres cette impatience du départ, ordinairement bavarde. Une sourde gêne nous paralyse. Bien sûr, le dénuement vietnamien ne ressemble pas à cette misère aux yeux vides qui agonise dans Calcutta, ni même à la somnolence maladive des banlieues de Bamako. Pas d'enfants squelettiques ni de vieillards en haillons, ici. Le Vietnam est pauvre parmi les pauvres mais il n'est pas affamé. Il n'empêche ! Ici, les mouvements sont ralentis, les regards s'attardent, les facéties sont rares. Sur la foule tout entière flotte une poussière grise qui creuse les visages. Salaire ouvrier au Vietnam : 10 000 dongs (un peu moins de 80 francs) par mois. Au Vietnam, le « sourire asiatique » cache une larme. Souvent.

Sur les quais, enfin, nous cherchons notre wagon. Mais voici des cris subits, des exclamations. Raymond, qui a couru s'informer, revient un peu pâle. Au milieu d'un train de marchandises stationné sur une voie de garage, des hommes ont tiré les portes coulissantes d'un wagon métallique. Des centaines de babouins s'y trouvent entassés sur plusieurs mètres dans des cages en bois. Cargaison vivante promise à la déportation vers l'Europe et oubliée dans la fournaise des tôles ? Trafic illicite d'animaux de zoo ? Viande de choix pour la Chine ? Les singes n'ont pas mangé ni bu depuis des jours. Ils sont morts pour la plupart. Quelques-uns agonisent encore, la bouche comateuse, les yeux vitreux. Des femelles surtout, avec leurs petits figés comme des araignées qui remueraient lentement leurs pattes.

On ouvre les cages une à une. Les curieux se bousculent. On aligne les corps à même le quai. Une longue file de cadavres recroquevillés se forme ainsi jusque sous les pas des voyageurs. Certains corps bougent encore. La mort revenue dans Saigon.

Raymond, bouleversé : « Je ne photographie pas ça ! »

# Un train pour le Nord

Maintenant, nous traversons la nuit dans les grincements, balancements, hoquets subits du wagon. Le train s'enfonce dans une obscurité criblée de lucioles phosphorescentes et d'odeurs. Des feuilles mouillées giflent parfois les fenêtres et laissent des pointillés de gouttes sur nos joues. On aperçoit des paillotes éclairées par des lampes à pétrole que remue le vent, des enfants endormis dans des hamacs, un éclat de lune sur la rizière. Saigon est loin. Nous nous penchons à l'extérieur, visage vers l'avant, pour aspirer la nuit. Des haltes imprévues ont lieu en pleine campagne On entend de brefs conciliabules au pied des wagons, des mains tripotent les essieux, des voix s'interpellent avant que le train ne reparte pesamment. Les employés du chemin de fer ont distribué des nattes et des oreillers dans chaque wagon. Nos voisins sont assoupis. Songerions-nous à dormir ? Et le pourrions-nous ? Nous avons tari depuis longtemps toute la sueur de notre corps, le vent du voyage a raidi nos chemises.

Dans les gares nous attendent des embuscades de petites vendeuses qui jaillissent de l'obscurité. Un remue-ménage s'empare alors du train tout entier. On vitupère, on tire des couffins et des balanciers dans les couloirs. On brandit sous notre nez des ananas coupés ou du chewing-gum. Nous ne savons plus très bien de quelle ville nous approchons, mais c'est sans importance.

Puis le jour se lève sur la mer de Chine, du côté de Phan Rang. On reconstitue l'agencement des compartiments en repliant les couchettes. Des hommes et des femmes, encore lourds de sommeil, assiègent les toilettes. La journée recommence. Après deux étapes, nous voilà passagers à part entière du *Thong Nhat*.

Tuy Hoa, Dieu Tri, Quang Ngaï : des gares défilent avec, parfois, leurs pavillons de brique chaulée qui datent de l'époque française. Une fesse, une seule, sur une banquette en bois, secoués pendant des étapes de dix-sept ou dix-huit heures d'affilée, nous campons dans un plaisir infatigable. Même si le hamac d'une aïeule, arrimé à mon dossier, me pèse sur l'épaule gauche ; même si Mme D. meurt stoïquement de soif ; même si mon voisin, un Tonkinois ouvrier agricole des plantations de Lang Bian, me tâte les biceps en s'esclaffant ; même s'il est difficile d'envisager, au milieu des ballots, de la marmaille et des passagers clan-

*Il fait chaud… c'est long…*

*... on mange... on dort...*

*... il y a des longs arrêts dans les gares...*

*… où le ballet des vendeuses ne s'arrête jamais.*

destins, la plus modeste expédition vers les toilettes...

Plaisir ? Évacuons vite quelques raisons obscurément sentimentales. Je veux dire ces élans de sympathie qui précipitent le visiteur vers cette humanité à nouveau piaillante et sans complexes qu'on appelait jadis « le peuple vietnamien ». Tout de même... En est-il de plus facile à aimer que celui-là ? N'insistons pas, non plus, sur la douceur patiente dont, en retour, on se trouve continûment gratifié. L'inclination des Vietnamiens pour les étrangers qu'ils ont – enfin ! – le droit d'approcher se trouve renforcée par une conjoncture très provisoire. Hormis dans quelques rues du centre, à Saigon (Dông Khoi, Le Loï, Nguyên Huê...), les visiteurs occidentaux sont encore bien trop rares au Vietnam pour être courus comme un gibier ou traités en envahisseurs.

Évacuons tout cela. Un wagon, c'est d'abord un concentré d'humanité, le mystère enfin côtoyé de plus près. Petit peuple du Vietnam... La plupart des passagers sont des gens du Nord, affectés dans le Sud après 1975. Militaires, fonctionnaires, ouvriers agricoles, ils ont droit à dix jours de congé par an. Ils ont économisé pendant deux ou trois années pour se payer le voyage et retourner au Nord. Quelques-uns ont dû passer sous les fourches caudines des employés du chemin de fer qui trafiquent sur les billets. Les bagages se réduisent souvent à un cabas d'osier, à un sac de toile. Il y a des enfants et des vieillards emmêlés dans le même sommeil. Activités menues, saynètes, bavardages, brefs pugilats qui disent la vérité d'un pays…

Les annonces répercutées par la sono des wagons, par exemple. Entre deux slogans révolutionnaires, on y énonce quantité d'interdictions *formelles*. Interdiction d'installer des hamacs d'un dossier à l'autre, de vendre des marchandises, d'occuper à trois ou quatre des bancs prévus pour deux, de voyager sans billet, de se pencher au-dehors… Un *ordre* rationnel, en somme, une manière de planification sourcilleuse. En réalité, bien sûr, les hamacs se balancent partout, les voyageurs sont infiniment plus nombreux que les places disponibles ; des marchandes ambulantes, par dizaines, envahissent le wagon à chaque halte, insoucieuses des policiers qui, matraque électrique à la main, s'appliquent à les chasser ; on aperçoit, jusque sur le toit des wagons, des voyageurs dont c'est peu de dire qu'ils « se penchent au-dehors ».

En un mot, cette litanie d'annonces si comiquement démentie par les faits nous donne une assez bonne idée du système mental et social dans lequel se sont installés les Vietnamiens depuis deux ans. Mme D. est aux anges : « Je vous avais dit qu'il existait un "contraste" entre ce qui est officiel et la réalité ! » Un contraste ? Dans cette sortie très subreptice du communisme, chacun paraît ménager soigneusement les apparences, nul ne s'en prend à la « théorie » ou au « discours », mais tout le monde, royalement, s'en fiche. Sans rupture ouverte, sans proclamations douloureuses, le Vietnam, insensiblement, change de peau. Serait-il en train d'inventer un « modèle de sortie » ? Une procédure plus habile que celle qui désespère les citoyens de Russie saoulés de proclamations, abrutis par les serments de ruptures et les ostentations mais découragés par la minceur des changements et la banqueroute générale. Ce post-communisme vietnamien, qui ne s'avoue pas comme tel, serait-il une subtilité asiatique à mille lieues de la naïveté déclamatoire de l'homme blanc ? Sans doute. La Chine, grande voisine, à la fois chair et poisson, capitaliste et communiste, n'a-t-elle pas frayé un chemin ? Le Vietnam qui a mis trente ans à ne pas choisir sera donc, pour un temps, capitaliste *et* communiste.

Jour après jour, nous apprenons à mieux observer les vendeuses et vendeurs clandestins. Leurs paniers contiennent autant de symboles que de marchandises. Dès que le train approche d'une gare, nous les apercevons, postés de chaque côté des voies, cabas, plateaux ou baluchons à la main. L'assaut qu'ils livrent ensuite aux wagons est un spectacle indéfiniment renouvelé tant varient, selon les régions traversées, les marchandises qu'on balade aussitôt sous notre nez : calmars et crevettes grillés, soupes chaudes, bière en boîte ou thé brûlant, papayes ou mangues en tranches, riz au poulet ou Craven A de contrebande. Ces assauts répétés signifient également ceci : là comme à Saigon, le commerce privé, ses combines, ses marchandages infinis, son désordre, son injustice et sa richesse assiègent le lourd système de restauration de la société des Chemins de fer, avec ses tickets, ses attentes, ses horaires réglés, ses menus pingres et ses annonces ampoulées.

Les policiers nordistes, contrôleurs, cuisiniers d'État ou serveurs du train ne défendent pas seulement le règlement mais une certaine légitimité socialiste *et* tonkinoise, un principe d'organisation sociale en déconfiture. Leur résistance est livrée pied à pied, tout le long du parcours. Paraît-elle mollir quelquefois ? Pardi ! C'est qu'elle se trouve désormais minée par un « défaitisme socialiste » d'autant plus diffus qu'il n'est jamais proclamé mais souvent gangrené par la corruption pure et simple. Corruption ? Il arrive que, sous notre nez, les vendeurs privés négocient avec le chef de wagon, contre quelques liasses de dongs, une « liberté provisoire de commerce ». À Quang

*Sur la route de Dalat…*

*… je m'approche tout doucement…*

*... des Vietnamiens et des Vietnamiennes.*

*Je peux boire du jus de noix de coco.*

Ngaï, nous verrons monter dans le train un nouveau gradé, sanglé dans un uniforme vert sans faux plis, et accompagné de deux soldats en armes. C'est le contrôleur des contrôleurs, l'« inspecteur des services » en quelque sorte, venu compter un à un les passagers et réprimer les trafics. À son approche, les contrôleurs de base dispersent précipitamment dans les autres wagons les passagers semi-clandestins qui sont leurs clients personnels. Bel exemple d'empilement bureaucratique et de flicage au carré.

Quant au reste, des bagarres minuscules mobilisent parfois le wagon tout entier. Par les ressorts qu'elles mettent en mouvement, par les impulsions qu'elles rameutent, par la violence contenue qu'elles réveillent soudain, ces altercations sont des « guerres du Vietnam » en réduction. L'une surgira juste après notre départ de Tap Cham, sur la côte du Sud.

Comme à l'accoutumée, des vendeurs et vendeuses ont envahi le train et s'enfuient prestement, d'un wagon à l'autre, à l'approche des policiers. Faisant cela, ils dissimulent d'abord leurs paniers de marchandises parmi les bagages des passagers, sous les banquettes, dans les replis des hamacs enroulés. J'ai accepté de bonne grâce sous mon siège deux gros cabas que masquent mes jambes. L'un des voyageurs, un jeune Nordiste en chemise blanche, lunettes de soleil sur le nez, a refusé de jouer le jeu.

À peine les marchandes se sont-elles éloignées, qu'il replace d'autorité au milieu du couloir le panier qu'on lui a confié. Panier aussitôt confisqué par les policiers.

Départ de ceux-ci avec leur butin et retour furibard des marchandes accompagnées, cette fois, d'un homme qui semble être leur chef ou leur protecteur. La rapidité précise des mouvements, ces sorties et ces entrées en scène des personnages semblent participer d'un jeu théâtral convenu, d'un guignol à moitié sérieux. L'homme s'est armé d'une trique de bambou lestée en son extrémité. Le « mouchard » est assailli de récriminations, de menaces, on le saisit par le col de sa chemise, on secoue le hamac sur lequel il est allongé. Il ne se démonte pas outre mesure et argumente sur un ton agacé. C'est un Nordiste. Il refuse de se rendre complice des combines illégales de ces « trafiquants » du Sud, il invoque le règlement des chemins de fer, hoche la tête avec une commisération provocante. Mais le « chef » des marchands ne s'en laisse pas compter et brandit sa matraque de bambou avec une détermination manifeste. On est à deux doigts d'une sévère empoignade. Elle oppose un bataillon de jeunes femmes et d'hommes sudistes, rompus à l'art du commerce et rois de la jungle, habitués à narguer l'autorité et les règlements, au défenseur convaincu – mais assez pleutre – de l'ordre socialiste et de l'intérêt général. (Et peut-être rendu furieux par ce bénéfice illicite dont il ne profitera pas.) Sud contre Nord, commerce privé contre cantine collective, refuge du règlement contre périls de l'initiative individuelle, astuce contre légalité... Les deux hommes se tiennent longuement empoignés, au milieu des cris suraigus des marchandes et de l'attentisme muet des passagers. Les policiers suivent la scène de loin.

Le sang coulera-t-il? Non. Subitement, la crise se dénoue. Un arrangement « à la vietnamienne » a été trouvé. Le « mouchard » accepte de dédommager la marchande dont le panier a été confisqué, mais pour une partie seulement de sa valeur. Chacun peut ainsi sauver la face. Marché conclu! Il sort une liasse de dongs et se venge de l'humiliation inhérente à tout compromis en jetant les billets à son adversaire avec une brusquerie calculée. Aucun de ces détails n'est anodin, tous obéissent à une minutieuse répartition des concessions réciproques. L'affaire est close. Voilà une guerre du Vietnam qui n'aura pas lieu.

À l'approche des gares, chacun veille soigneusement à ce que les fenêtres des wagons soient barricadées. Des grillages basculants sont prévus à cet effet et, imitant nos voisins, nous nous claquemurons comme les automobilistes new-yorkais entrant dans Harlem ou le Bronx. Pourquoi ? Nul n'en fait mystère. Des pick-pockets, voleurs à la tire ou délinquants plus irascibles peuvent se trouver postés sur les quais. D'autres risquent de jaillir nuitamment du ballast. Certaines gares, comme celle de Vinh, dans la province natale d'Hô Chi Minh, « grouillantes de hors-la-loi et de meurtriers », nous sont franchement déconseillées. Commentaire supplémentaire du contrôleur : « Ne laissez pas votre bras dépasser à l'extérieur, on pourrait vous arracher votre montre. »

Ce n'est pas tout. Sur le parcours entre Saigon et Hanoi nous risquons, paraît-il, de recevoir des pierres jetées sur le convoi. Par qui ? Des enfants turbulents ou des nouveaux pauvres exaspérés par les nantis ? Les deux, nous dit-on. Le pays tout entier est miné par une délinquance d'autant plus effrayante qu'elle est rarement évoquée – ou mal – par la presse officielle, et donc démultipliée par l'imagination. Il n'empêche que des crimes ont lieu, des attaques à main armée, des rapines, des rackets. À Saigon, on met cette violence sur le compte des « pillards nordistes » et des « bandes » descendues vers le Sud comme des « tribus barbares ». Mais cette délinquance est *aussi* le symptôme d'une après-guerre qui n'en finit pas et d'un système politique qui se dissout.

Une obscure violence nous attend ainsi de

gare en gare, un désordre social latent qu'il serait difficile de dissimuler. Désordre comparable à ces embrouilles querelleuses que l'on redoute dans les rues de Moscou, de Budapest ou de Leipzig, partout où l'effondrement du communisme accouche d'une société plus libre mais dure, injuste, violente. Une société où l'intolérance, en battant en retraite, laisse place à l'intolérable. Proverbe vietnamien que nous cite le chef de wagon en souriant : « Les pauvres deviennent voleurs, les riches apprennent la politesse. » L'introduction du capitalisme, c'est aussi l'amorce d'une frénésie mercantile, d'une avidité qui fait déjà des victimes, des exclus.

Le « libéralisme » retrouvé, comme partout ailleurs, s'accompagne d'une inflation délirante qui brouille les repères, donne le tournis et génère autant d'angoisse que de liberté. En 1976, le salaire moyen était de 48 dongs par mois et le kilo de riz valait un demi-dong. Aujourd'hui, le même salaire moyen est à 100 000 dongs et le kilo de riz vaut 2 500 dongs. En 1976, un mois de salaire permettait donc d'acheter quatre-vingt-seize kilos de riz contre quarante aujourd'hui. Les pauvres, pour l'instant, le sont deux fois plus qu'avant.

Le pays est à la fois très pauvre et sans pénuries. Sauf une : l'argent.

# Le Couvent des oiseaux

Je m'accoude un soir au balcon-terrasse d'une grosse villa de Dalat dans la province de Lang Bian. En voiture, nous avons parcouru des routes défoncées, traversé des villages figés dans une attente vague, grouillant d'enfants et de chiens jaunes, longé des plantations d'État avec leurs escouades de travailleurs nordistes. La fraîcheur de Dalat est une récompense au bout du chemin. La villa qui nous est allouée et celles qui l'entourent furent nationalisées par les communistes et transformées en hôtel d'État. L'une d'entre elles fait office d'accueil, de cuisine et de restaurant. Les autres offrent leurs chambres aux clients, quand il y en a. Celle que nous occupons est restée en l'état : large escalier de béton carrelé dans le style Art déco, salle à manger monumentale, jardin profus et abandonné. Un colon français, sûrement, habitait là dans les années cinquante, ou un jeune administrateur colonial ; puis un politicien enrichi ou un bourgeois saigonais du régime « fantoche ». Cité d'altitude et de plantations créée au début du siècle sous l'impulsion de Paul Doumer, Dalat fut jadis le refuge préféré des Français ou des notables sud-vietnamiens qui s'y faisaient construire des maisons de vacances. Dans les années vingt, elle était un endroit couru du « tout Vietnam » colonial, une station très mode. L'empereur Bao Daï y eut sa résidence d'été. On s'y croirait à Annecy, ou à Pau, mais au début du siècle. La ville entière suggère une idée d'opulence décrépite, de quant-à-soi navré.

Rien dans le décor n'a changé, sinon ces quelques immeubles de la place du marché, béton gris et fontaines géométriques copiées sur celles qu'on trouve à Stavropol ou à Dresde. Partout ailleurs, le communisme flotte dans cette architecture bourgeoise comme dans un costume trop grand pour lui. Ma chambre est vaste ; d'antiques ventilateurs aux larges pales piquées de chiures de mouches tournent toujours au plafond ; les meubles aussi sont d'époque : un grand lit très bas, en contreplaqué, une coiffeuse Lévitan surmontée d'une glace verticale au tain corrompu, quelques fauteuils en tubes d'aluminium capitonnés de Skaï rouge. Les murs sont crépis en bleu pâle ; dans la salle de bains, trône une baignoire très haute sur pattes et culottée de jaune. La nuit est tombée sur le lac Xuân Huong où, tout à l'heure, des jeunes filles naviguaient rêveusement sur des pédalos en forme de cygne. Sur la rue Duy Ton, quelques cyclistes se hâtent dans l'obscurité, un chien aboie, de grands poneys gris veillent, immobiles, aux carrefours, le vent agite les bougainvillées et les rosiers en fleurs.

Je suis seul sur cette terrasse. Je n'ai pas sommeil ; la fatigue de l'étape se dissout dans une exaltation un peu saoule. J'attendrai le matin dans un fauteuil d'osier qui craque dans l'obscurité. Voilà un de ces endroits qui agissent sur nous comme autant de signaux reconnaissables entre tous. Il n'est plus tout à fait absurde d'imaginer qu'on pourrait jeter l'ancre pour de bon, renoncer une bonne fois, ne plus bouger *du tout*. Adieu vieille Europe, que le diable t'emporte ! On serait un vieux porté sur le brandy. On aurait brisé avec les bavardages, les questions insolubles et les remuements inutiles. Chaque jour, on irait au jardin d'orchidées de la rue Phu Don Thien Duong, puis au bar du vieil hôtel Dalat, rue Tran Phu. Le Vietnam fait naître ces sortes de résolutions que dissipe le matin…

À mesure que la nuit avance, des odeurs innombrables se rassemblent sur ma terrasse où, finalement, le jour me surprend. Dalat est réputée, dans tout le pays, pour ses roses et ses coquelicots, ses glaïeuls et ses géraniums écarlates, ses hibiscus. Cette ville est la seule du pays qui n'ait jamais connu la guerre. Sans doute doit-elle à ce privilège sa nonchalance un peu lointaine, cette manière de placidité et de dédain. Ici, nul ne paraît se soucier du « Blanc » qui passe, et ce n'est pas courant au Vietnam. Aucun enfant ne s'avise de crier *ông liên Xô* (un Soviétique !), *ông phap* (un Français !) ou *ông my* (un Américain !) en nous apercevant, aucune gamine ne se précipite vers nous en brandissant des babioles, aucun adolescent ne jette de regards obliques en murmurant *dollars, dollars*... Nous sommes enfin transparents, invisibles, inintéressants. « Ici, dit M^me^ D., les gens sont calmes et les filles ont les joues roses. »

Sur la place du marché, seul un ancien combattant de l'armée française, mi-clochard en haillons mi-retraité, est accouru avec une fièvre insistante nous débiter, à un mois près, ses états de service et la liste de ses affectations ; le tout lâché d'une traite dans un français difficile à comprendre. Nous nous étions arrêtés pour l'écouter. Aussitôt quelques passants avaient fait cercle. Nous hésitions à être émus. La nostalgie chevrotante, théâtrale, qui s'exprimait devant nous était-elle bien réelle ? Perdions-nous seulement notre temps avec un vieux maboul en quête d'un pourboire ? Difficile à dire. Le vieux articulait : « De Lattre de Tassigny », « Bigeard » et « quatre ans de camp », mais il pouffait d'une manière ambiguë. On s'exaspère, ici, à vouloir démêler le rire et les larmes.

Devant la poste principale, un grand panneau de bois peint invite les usagers à téléphoner à leurs parents de l'étranger : seize dollars quarante les trois minutes pour la France. La plupart des cabines sont occupées, le Vietnam d'aujourd'hui est nanti d'une immense diaspora. C'est avec elle qu'il organise déjà sa vie, son quotidien, son avenir. Car cette diaspora, voilà qu'elle est accessible par téléphone. Banalité ? Allons donc ! C'est d'un isolement absolu que sort le pays, d'un recroquevillement « héroïque » à l'abri des « complots impérialistes » et des « corruptions bourgeoises » qui avaient suspendu l'écoulement du temps, figé le calendrier. Ce raccordement du réseau téléphonique vietnamien, c'est un retour vers le monde, une fenêtre déverrouillée, la fin d'une « posture ».

Le monde extérieur, cette grosse boule confuse où vivent deux millions d'expatriés, est enfin à portée de voix... Dans toutes les postes principales, se poursuit du matin au soir ce commerce téléphonique incessant et obscur. Chaque ville bourdonne de conversations fiévreuses, de projets menus, de rendez-vous différés. Une bonne partie de l'histoire future du Vietnam se joue dans ces cabines « longues distances » à seize dollars quarante les trois minutes, mais sans témoin.

Caprice, envie légère : nous voulons retourner voir le Couvent des oiseaux, nous planter devant et laisser passer une demi-heure. Simplement. Le Couvent des oiseaux de Dalat, comme le collège Saint-Paul de Saigon, fut l'institution la plus durablement célèbre de l'Indochine française. Des générations de Vietnamiennes comme-il-faut y chantèrent des cantiques ou y apprirent les fables de La Fontaine dans une envo-lée de soutanes et de cornettes. Mme Ngo Dinh Nhu y recruta ses bataillons de jeunes filles anticommunistes qu'elle appelait « mes petites chéries ».

La grande façade ocre du Couvent des oiseaux domine toujours une colline modeste plantée de pins. L'ancien couvent a été transformé en école normale d'institutrices, la chapelle est fermée mais, sur le fronton du bâtiment principal, on a laissé l'hommage à « Notre-Dame du Lang Bian » en lettres sculptées. Dans le parc, comme avant, des jeunes filles sont assises, par groupes de trois ou quatre, sous les pins. Sur l'allée centrale s'arrête une 203 Peugeot, taxi à la carrosserie blanche et aux chromes astiqués. Le temps a passé sans rien entamer de ce décor immobile.

Peut-être suffirait-il d'un rien...

# Le temps des fleurs

Scène de rue à Nha Trang (centre-Vietnam). Le soir tombe sur le front de mer et la terrasse de l'hôtel Haï Yen où les conseillers soviétiques de la base voisine de Cam Ranh venaient guetter les filles et jouer au billard. Cette plage-là, c'est Rimini façon asiatique. Avec des projets de Riviera, des touristes chinois ou coréens dans les vagues, des langueurs d'été et des conducteurs de cyclo-pousse qui dorment, effondrés sur leurs engins. Sur toute la longueur du front de mer, d'antiques haut-parleurs crachotent de vieux mots d'ordre prolétariens et des statistiques mirobolantes sur les « records de production ». Mme D. traduit pour nous : « La société de production de charbon a livré des tonnes de minerai au peuple pour construire la métallurgie socialiste. » Détail irréel... C'est la sono publique, la radio officielle. Celle qui conservait, hier encore, dans tout le pays, le monopole de ce que l'on appelait « l'information ». Aujourd'hui, de l'aube au coucher du soleil, elle insiste d'autant plus que personne ne l'écoute.

*C'est l'été… la plage, des enfants et des vélos…*

Partout, sous les arbres, les petites marchandes de noix de coco, de jus de canne, de sèches grillées ; les bistrots en plein air tenus par des familles, les serveuses de *café den* (café noir) ou de Coca ont mis en batterie leurs propres sonos, privées celles-là. Et infiniment plus modernes. Volume au maximum. Compact Discs et cassettes numériques contre haut-parleurs de foire, *rythms and blues* contre récitations révolutionnaires... En longeant la plage dans une cacophonie en stéréo, on passe des Everly Brothers *(Greenfields)* à Paul Anka *(Diana)*, du *Temps des fleurs* en vietnamien aux guimauves très disco de Nha Phuong, chanteuse vedette, native de Huê ou de Than Lan, ancienne élève du lycée Marie-Curie, une sorte de Chantal Goya vietnamienne à la voix de fillette. On entend même, ici ou là, une version d'époque de *Besame mucho* ou un vieux tube d'Hervé Vilar. La tonalité générale est à la fois désespérée et farceuse. Comme si le vieux discours léniniste diffusé par les haut-parleurs officiels se trouvait englouti, subverti, effacé, par ces variétés décadentes que les Comités populaires n'en finissent pas d'interdire « officiellement ». Du matin au soir, la plage de Nha Trang s'emploie à noyer sous les décibels le radotage des langues de bois.

Cette petite scène de Nha Trang, nous l'avons revécue, dupliquée à l'infini, dans toutes les villes traversées, sur les moindres routes. Y compris dans ces villages improbables de la province montagnarde de Duong Luong où l'on s'arrêtait parfois pour boire un jus de coco. Nous avions du mal à parler tant les radiocassettes hurlaient leur *musica*. Ainsi, de halte en halte, cette traversée du Vietnam prenait-elle l'allure d'une surboum assourdissante sous l'œil amusé des filles. On se fâchait, à la fin, pour obtenir une plage de demi-silence.

Si le commerce privé assiège partout le collectivisme en déconfiture, la musique lui livre un assaut plus décisif encore. Elle baigne maintenant le Vietnam tout entier, bouillonne sur les places publiques, dévaste les discours officiels, occupe l'espace et l'esprit, engourdit les vigilances flicardes, ridiculise le grand opéra des propagandes. Du village au magasin, de l'autobus au train, des rizières aux trottoirs de Saigon, ce pot-pourri de rengaines occidentales, omniprésent, lancinant, hégémonique, c'est le nouveau langage d'une nation qui a perdu le sens des mots.

Rue Paul-Bert, à Hanoi, j'ai déniché un numéro de la revue communiste *Études vietnamiennes* daté de 1973. Providence du hasard, il s'ouvre sur un long texte édifiant : « L'itinéraire d'un intellectuel patriote », signé Le Van Hoa. « Les magazines, films et photos, écrit-il, la musique, les danses et chants des États-Unis, de

Formose, de la Corée du Sud étaient les moyens de diffusion habituels de la corruption des mœurs. Avec le flot des GI's, une certaine "musique-chorégraphie-et-chansons" envahissait les scènes, entrait dans les salons de thé et les dancings, pénétrait dans les "réunions sexy". La lutte contre la dépravation de la culture devenait d'une nécessité impérieuse. »

Le temps passe, ironiquement. Jamais, « avant 1975 », on n'avait entendu autant de musique « dépravée » que dans ce qui demeure officiellement la République socialiste du Vietnam. Pour l'essentiel, cette musique venue du dehors passe par les deux millions de *Vietkieus* installés à Paris, Los Angeles, Houston ou en Australie. D'où la tonalité délibérément rétro de ces ritournelles interdites, le parti nostalgique, très *sixties* ou *seventies,* de ce qui s'écoute – ou se danse – dans tout le pays. En version originale, parfois, ou dans des versions bilingues (français-vietnamien ou anglais-vietnamien), agressivement romantiques. Ces allusions musicales sont évidemment politiques.

À Hanoi, un soir, M^me^ D., qui n'avait jamais mis les pieds au Nord et en concevait quelques frayeurs, s'est arrêtée brusquement de marcher. Parmi les chansonnettes hurlées par les transistors en batterie sur les trottoirs, elle venait de reconnaître une rengaine sudiste – et anticommuniste – des années soixante, *La Colline des*

*… la mer est magnifique… la plage aussi.*

*fleurs violettes*, chantée par Duy Khanh, une espèce d'André Clavaud d'époque. Duy Khanh, dans une rue de Hanoi ! Et si fort !

Mais cette subversion musicale voit son efficacité démultipliée par la vidéo. Partout se sont ouverts, durant les deux dernières années, des milliers de « cinés-vidéo » ou « cafés-vidéo ». N'importe où. Dans le jardin d'anciennes villas privées. Dans des boutiques reconverties de Da Nang, Haiphong ou Cholon. Toute la jeunesse du Vietnam s'y retrouve. Et ces cafés-vidéo eux-mêmes n'ont déjà plus le monopole du cinéma et des clips clandestins. Dans les hôtels ou les restaurants d'État qui nous hébergent, trône immanquablement un magnétoscope allumé. On y voit des films interdits, doublés par un speaker vietnamien articulant tous les rôles d'une voix *off* monocorde. Il faut insister, savez-vous, pour arracher le personnel de l'hôtel à ces contemplations rêveuses…

On ne propose pas seulement des vieilleries provinciales sur ces vidéos de contrebande. Il arrive que des titres en exclusivité sur les Champs-Élysées ou la Vᵉ Avenue soient déjà diffusés dans tout le Vietnam. Comment ? C'est tout simple. Des *Vietkieus* les « piratent » au caméscope, depuis le fond de la salle, et vogue la galère vers Hô Chi Minh-Ville…

Quant aux clips musicaux, on y voit des chanteurs endimanchés qui roucoulent sur fond de tour Eiffel, de Pont-Neuf ou de Golden Gate Bridge. Vietnamiens de Paris ou de San Francisco, filles au maquillage acidulé, minets un peu mièvres mais aux pantalons sans faux plis qui paradent sur de grosses cylindrées. À Nha Trang ou à Huê, à Dalat ou à Qui Nhon, dans ces cafés-vidéo, le « nouveau peuple vietnamien » qui n'a pas vingt ans sirote de la fausse bière 33 en contemplant ces images tremblées venues d'une autre galaxie…

# Do you speak English ?

À Nha Trang, je m'assois sur la chaise pliante d'une marchande de trottoir, Nghia. Elle a treize ans mais en paraît onze. Pyjama rose, longue mèche noire sur le front, ses yeux sont aussi charbonneux que son babil est vif. « *What is your name?* », « *How old are you?* », « *What do you want to drink?* » Sans une faute… À peine assis, me voilà cajolé, amadoué, méthodiquement attendri. Une grand-mère s'est approchée, un frère aîné s'accroupit près de moi, on balaie prestement le sol devant mon siège, on s'assure de mon confort. Prince oriental ou nabab, dignitaire ou dieu blanc venu d'ailleurs : la sollicitude est exagérée mais jamais servile. Une ironie indéfinissable tient mes interlocuteurs empressés en deçà du ridicule et, bien sûr, de l'obséquiosité. Le trésor familial qu'on soumet à ma convoitise se réduit à une étagère de bois, trois boîtes de Coca-Cola, deux paquets de cigarettes, une théière fumante, dix paquets de chewing-gums et quelques noix de coco.

Nghia s'est déjà emparée de ma main gauche et désigne mon alliance en pouffant : « Madame ? Madame ? » Les Vietnamiennes, grandes ou petites, ont leur façon d'aller effrontément à l'essentiel. Mais c'est un jeu sans conséquence et que n'empoisonne jamais, comme chez nous, l'obsédante idée d'une faute.

Découvrant que je suis français, tous changent de langue sans se démonter, Nghia la première : « Tu es touriste ? », « Tu es déjà venu au Vietnam ? » Au bout d'un quart d'heure, nous sommes lancés dans l'une de ces conversations-rébus où chaque défaillance de vocabulaire se résout en fous rires. Et puis, un client occidental c'est une providence appréciable : les marchandes voisines, tirant leurs tabourets, s'associent d'autorité à la conversation. Pour le plaisir, ou à tout hasard...

Les talents polyglottes de Nghia et de ses proches sont d'autant plus surprenants que le Vietnam s'ouvre à peine vers l'extérieur. Les étrangers ne courent pas les trottoirs, et la plage de Nha Trang demeure fort éloignée des grandes migrations « chartérisées ». Imaginerait-on, dans un coin du Cantal ou du Puy-de-Dôme, une vendeuse de foire passant ainsi de l'anglais à l'allemand, de l'espagnol à l'italien ? Je m'enquiers de cette étrangeté, j'interroge à la cantonade. Nghia paraît confuse, elle hésite, consulte du regard sa grand-mère et son frère. J'insiste.

Alors, rougissante, silencieuse, elle me tend un gros cahier d'écolier à la reliure fatiguée. Toutes les pages sont couvertes d'une écriture d'enfant, calligraphiée, striée de flèches rouges et farcie de mots soulignés. Ce sont des phrases usuelles traduites par Dieu sait qui et transcrites en phonétique vietnamienne. « Le Coca coûte 8 000 dongs », « Voulez-vous du jus de coco ? », « Combien d'enfants avez-vous ? » Le cahier compte au moins deux cents pages que Nghia se récite du matin au soir. À treize ans ! Cet exercice participe d'une obstination commerciale et d'une conscience professionnelle qui disent assez l'urgence de gagner quelques dongs. Au demeurant, Nghia est embarrassée par son aveu comme si elle livrait, en même temps que son secret, une partie de la détresse des siens.

Troublant acharnement !

Mais il est la règle et non l'exception. Le Vietnam que nous traversons, en ce printemps 1992, évoque je ne sais quelle école de langue universelle, de cours du soir permanent. Gamins ânonnant des phrases d'anglais, jeunes gens potassant l'*English Streamline*, boutiques de libraires exposant en priorité des dictionnaires vietnamien-anglais, de vieilles méthodes Assimil, des manuels de grammaire et des guides de conversation. Une hâte déterminée se lit dans tout cela. Les Vietnamiens qui se détournent des pesantes pédagogies marxistes se jettent avec une belle fureur dans l'apprentissage des langues étrangères, anglais surtout, français parfois.

Dans chaque ville, des cours du soir sont dispensés par les universités et, depuis peu, par des institutions privées. On y apprend principalement l'anglais et l'informatique. Tous ces centres ont vu le nombre de leurs élèves augmenter en un clin d'œil. Pour la seule ville de Saigon, cent vingt mille personnes au moins se rendent chaque soir, de 17 h 30 à 19 h 30, dans les quelque vingt-cinq écoles du soir. Et de leur plein gré... L'affluence est la même à Huê ou Can Tho, à Vinh ou Haiphong. Cette ouverture vers l'extérieur, ce prochain rapatriement du pays dans son siècle, c'est avec une énergie sans équivalent que les Vietnamiens les préparent.

Cette manière de se jeter littéralement au-devant du monde n'est pas seulement un gage pris sur l'avenir. À cette échelle, elle est un vaste mouvement de l'âme, un symptôme post-communiste. À lui tout seul, il garantit au Vietnam un avenir moins sombre que celui des « haillons ex-communistes » d'Europe centrale. Là ronronne déjà une chaudière humaine sous pression qui fera des miracles lorsque son énergie embrayera sur le réel. Forts des talents qu'on leur prête et des richesses que leur consent la géographie, les soixante-six millions de Vietnamiens ne dissimulent pas qu'ils veulent devenir un nouveau « dragon » asiatique. Pourquoi pas ?

De bon augure pour ce qui est de l'avenir, la frénésie copieuse et travailleuse des Vietnamiens n'en est pas moins navrante dans ses effets immédiats. Réflexe ancien, disposition enracinée très profondément, elle confine à la mortification volontaire lorsque triomphe, au bout du compte, cette révérence ébahie pour tout ce qui vient « du dehors ». Ce fétichisme, c'est celui des peuples démunis, des nations perdantes, des ados moscovites, des élégantes « snobs » de Budapest ou des nomenklaturistes d'Alger. Maigre religion dont l'unique credo se décline ainsi : une estampille étrangère vaut supériorité, une griffe occidentale fait d'une bimbeloterie le plus envié des cadeaux. On fit longtemps la queue, à Prague, pour conquérir le mirobolant privilège d'une paire d'Adidas ou, à Moscou, pour planter ses dents dans un hamburger McDonald's. Cette puissance hallucinatoire de la marchandise d'importation tourneboule le tiers monde et aura largement contribué à la déroute du communisme. Elle règne évidemment sur tout le Vietnam. Mais le phénomène y est plus sinistre qu'ailleurs pour ce qu'il exprime de piteuse résipiscence.

Peu de pays au monde avaient poussé aussi loin – et aussi longtemps – que le (Nord) Vietnam en guerre le refus des corruptions étrangères, le rejet têtu de l'acculturation, l'affirmation de soi-même arc-boutée contre la forteresse Amérique.

Cette résistance que ni les bombardiers B52, ni les hélicoptères Cobra n'avaient pu fléchir, voilà que les chewing-gums, les Marlboro ou les jeans Lévi's en viennent à bout sans coup férir. Tous les gosses du pays fanfaronnent en coiffant une casquette Rambo (Rambo, le malabar yankee tueur de Viets...). Une paire de vraies Ray Ban est un trésor convoité. On vend à Hanoi des autocollants bien imités qui transformeront une bicyclette chinoise en un « vélo Peugeot » et vous poseront son homme. Un stylo-feutre *made in USA* fait de vous un important. Rien à faire contre cette « majesté »-là. Aucune tentative pour débaptiser les vieux hôtels coloniaux n'a pu aboutir : le Rex devait devenir le Ben Thann, le Majestic s'appeler le Cuu Long et le Palace le Huu Nghi... Peine perdue. Ce retour à un nom vietnamien suggérait l'idée d'une rétrogradation.

Si le visiteur désire provoquer une sidération incrédule tournant vite au fou rire qu'il réclame à une marchande de trottoir un paquet de cigarettes vietnamiennes. À la multiplication volontaire des marques locales, au soin maniaque pris à imiter la présentation des américaines, on devine que les manufactures vietnamiennes ont tout tenté pour vaincre ce dédain. Sans succès. Il faut une vraie bravoure à un Vietnamien moyen pour acheter, au vu et au su de tout le monde, un paquet de Vinh Hoï, Du Lich, Mélia ou Thang Long à 1 000 dongs plutôt qu'un paquet de Lucky Strike à 12 000 dongs. Et le goût n'est pas en cause…

De quelle manigance de l'Histoire, de quelle dévastation intérieure est-elle le produit, cette dévotion éblouie qui trahit, au bout du compte, un désaveu de soi ?

Un dégoût nous vient à la vue de ces prosternations devant des objets « magiques » *parce que* venus d'ailleurs, l'obscur sentiment d'un désastre, d'une régression, d'un destin fourvoyé. Triomphe de l'économie de marché et du libéralisme ? Épiphanie de la démocratie ? Génie de la liberté ? Tu parles ! Sous la « bonne nouvelle » du post-communisme comment ne pas voir la mauvaise ? Derrière la « fin de l'Histoire » comment ne pas reconnaître son vilain recommencement ? Cet impérialisme ravageur des choses et du gadget qui soumet le monde à sa loi ; cette revanche des vidéoclips, des montres à quartz et des tortues Ninja qui met à genoux un Vietnam encombré de cimetières sont-ils autre chose qu'un ultime reniement ? Cette ripaille boulimique, ce

« snobisme » du pauvre rendant les armes sont peut-être amers à Moscou, grotesques à Bamako, cocasses à Marrakech. Ils sont simplement poignants à Nha Trang ou à Qui Nhon.

Poignants et chargés d'orages ! Au-delà de ces fièvres jamais apaisées, les grands refus viendront bientôt. Turbulences annoncées, insurrections promises. Aucun peuple ne se tient éternellement dans la révérence et la convoitise. Le syndrome Coca-Cola et Lucky Strike, cette ultime revanche occidentale, est plus fragile encore que simplement vulgaire.

# Vénéré bienfaiteur…

Quelquefois on ne dit rien. Des minutes passent que n'accompagne aucun dialogue, pas une remarque. Ce sont des haltes au milieu du voyage, des parenthèses refermées sur un silence. Près de Cam Ranh, nous avons pris un sentier de terre mangé par le chiendent. On apercevait au loin la baie « stratégique » et la base maritime où bourdonnaient jadis les hélicoptères américains. Cette rade fut offerte, ensuite, à la marine soviétique, et les satellites du Pentagone surveillaient, au centimètre près, ses aménagements. On y élève aujourd'hui des crevettes pour l'exportation. Les anciens marais salants y sont de nouveau en service. De vieux radars russes y rouillent sous les palmiers. La terre est sableuse, le vent y soulève d'âcres tourbillons. Près de l'entrée principale de la base, au milieu des baraques du village, quelques Russes attardés déambulent à la recherche d'une bière fraîche. Voilà des mois que l'ex-Armée rouge n'en finit pas de plier bagage. Sans tambour ni trompette. On ne fait guère de frais pour ces

*Nous louons cette voiture soviétique avec un chauffeur…*

*Lien xo* (Soviétiques) en déroute. Peut-être que le Vietnam n'aime pas les perdants ? En avril 1956, déjà, lorsque les dernières troupes françaises quittèrent le Vietnam, le frère du président Ngô Dinh Diêm (anticommuniste ardent) exprima cet « adieu » dans son journal : « Ainsi, le corps expéditionnaire français a foutu le camp pour toujours [...]. Les larmes s'obstinent à ne pas couler. »

Qu'écrira-t-on demain au sujet des « frères » soviétiques rentrant chez eux ?

En choisissant ce chemin de terre et d'herbes, nous prenions la direction opposée à Cam Ranh Base, celle qui pique vers la ligne de montagne de la chaîne annamite. Il faisait très chaud tout à coup. La campagne infusait au soleil de l'après-midi, l'horizon était vide. Pas un bruit, pas un mouvement de buffle ou d'enfant, pas un chant d'oiseau... Notre marche ne fut pas bien longue. Là-bas, à deux pas de l'ancienne route mandarine, un écriteau fiché au bas d'un escalier de terre escaladant un talus annonçait le tombeau d'Alexandre John Emile Yersin. Nous y sommes montés.

Un court obélisque de pierre et de ciment ocre, un escalier à quatre faces et quelques bâtonnets d'encens fraîchement consumés dans une boîte de conserve. De cette éminence votive, on embrassait le panorama de la baie jusqu'aux premières maisons de Nha Trang. La pauvreté de l'endroit, son exil relatif et les signes menus – graffitis datés sur l'obélisque, traces de pas sur le gravier – qui témoignaient malgré tout de visites régulières, tout contribuait à faire naître une émotion à laquelle nous n'étions pas préparés. À l'écart des routes et des gares, à l'orée d'une plaine qui fut hachée, plus que toute autre, par les tonnerres de poudre et d'acier de la guerre, ce tombeau solitaire, perdu dans les hautes herbes, patiné par la pluie, demeure ce qu'il était voici un demi-siècle. On imagine qu'il fut environné souvent par la fumée des explosions, contourné par des patrouilles, survolé par des escadrilles, léché peut-être par l'haleine des incendies. Mausolée oublié dans la mitraille, veilleur aveugle mais intact lorsque tout s'arrêta…

Alexandre Yersin, avec Alexandre de Rhodes, est sans nul doute le Français le plus populaire au Vietnam. Né le 22 septembre 1863 à Lavaux en Suisse, mort en mars 1943 à Nha Trang, il découvrit la toxine diphtérique, effectua la première reconnaissance du plateau de Lang Bian où fut fondée Dalat en 1893, isola le virus de la peste en 1894 et – surtout – introduisit au Vietnam le caoutchouc et l'arbre à quinquina. Figure emblématique, détachée de cette longue cohorte de coloniaux fondateurs de légendes, bâtisseurs d'écoles et pourvoyeurs de regrets.

Sur la pierre de son tombeau, une seule inscription est gravée, en français, mais écrite par une main vietnamienne : « Bienfaiteur et humaniste. Vénéré du peuple vietnamien. »

Nous redescendons sans parler vers la voiture. Les mots de l'épitaphe n'en finissent pas de me tourmenter. Le mot « bienfaiteur », surtout. Pieux hommage ? Justice rendue à une « œuvre civilisatrice » ? Bien sûr que oui, mais ce n'est pas *seulement* ainsi que je les perçois. Plutôt comme une question trouvée sur la route. Ce Vietnam réchappé de tant de massacres, ce « vainqueur-vaincu » du demi-siècle qui rejoint son époque, toute honte bue, en tendant la main au FMI, à la Banque mondiale et à Washington, nous précipite dans un étrange malaise. N'allons-nous pas entrer maintenant dans un révisionnisme colonial qui ne dit pas encore son nom ? Ces fiascos lointains, ces gabegies exotiques, ces banqueroutes accumulées comme autant de repoussoirs et de preuves négatives dans l'hémisphère Sud ne font-ils pas renaître (déjà) un triomphalisme occidental ressuscité des morts ? Le Nord, vainqueur tout à la fois du Sud et de l'Est, n'en revient-il pas à ses anciennes arrogances ?

Eh quoi ! Nous voilà convaincus d'être les dépositaires exclusifs du bien, de la liberté, des secrets obscurs de l'abondance. De ce nouveau « fardeau de l'homme blanc » que ferons-nous au juste ? Derrière le refrain sur les droits de l'homme et le « devoir d'ingérence », un autre discours se trouve caché qui justifiera, demain, un barricadement surarmé dans le paradis des riches, voire quelques « corrections » administrées à ces nations grouillantes et disqualifiées, ces « nouveaux barbares ». (En 1991, la guerre du Golfe fut aussi cela : un gros bâton brandi sous le nez du Sud.)

Le tombeau d'Alexandre Yersin nous fait signe et, avec lui, le Vietnam tout entier. Pour un « bienfaiteur vénéré du peuple vietnamien », combien de brigandages, de têtes tranchées et de révoltes noyées dans des nuages de poudre ? Pour une « œuvre française » en Indochine, combien de crimes ? Les voilà « passés de mode » et presque absous par l'Histoire. On dirait même que leurs victimes, du fond de leur désastre, sont à deux doigts d'abjurer leurs anciennes révoltes.

Peut-être faudra-t-il, demain, parler à contre-mode. Et rabâcher. Le colonialisme fut un patchwork de lumières et de crimes cousus ensemble, un discours civilisateur corrompu par une pratique, une avancée de l'Histoire empuantie par des charniers, un progrès de l'universel couvrant les pillages et la traite. Ces ombres seront-elles effacées par les lumières qu'un Alexandre John Emile Yersin, bienfaiteur vénéré, incarne à lui tout seul ?

Je songe à la question qui nous attend à Paris. « Que reste-t-il, là-bas, de la période française ? »

Ah, s'il ne restait que ce souvenir-là…

# Splendeurs...

Quelquefois, une absurde pudeur nous retient. La toile de fond qui défile aux fenêtres du train comme une « transparence » cinématographique est d'une splendeur trop attendue pour que nous osions en parler. Y compris entre nous. Tout de même... La crainte du cliché nous tient cois, l'excès d'harmonie nous paralyse. Comme si nous redoutions je ne sais quelle redondance qui serait inscrite au cœur des choses. Le scrupule est logique mais il est idiot. Finirions-nous par taire *cela* ? L'infini des rizières qu'encadrent des montagnes mouchetées de cumulus. Ce compartimentage méticuleux en alvéoles d'abeilles qui, centimètre par centimètre, discipline la terre et l'eau jusqu'à l'horizon ; ces quadrillages de digues glaiseuses où trottinent des femmes, l'épaule penchée sous le poids du balancier ; ces gestes et ces rythmes – les godets d'irrigation que deux hommes tiennent face à face et balancent en cadence au bout d'une corde, le pataugeage précautionneux des buffles attelés dans l'eau jusqu'à mi-pattes… D'autres buffles caparaçonnés de boue séchée, monstrueuses statues d'argile, suivent lourdement des enfants qui les remorquent par les naseaux ou se tiennent accroupis sur leur échine comme des cornacs hindous. Des flottilles de canards appareillent sur les rivières ou les étangs, par milliers.

Le train, parfois, passe si près des maisons que nous entrons fugitivement dans l'intimité des familles : paillotes en torchis où veille une aïeule aux pieds nus, courettes, bœufs somnolents sous des hangars de latanier… Des femmes se redressent au passage du convoi, une main sur la hanche, en rejetant leur chapeau conique sur la nuque. Le geste est beau. Cet univers archaïque et pacifié se répète sur des kilomètres ; il est sans commencement ni fin, immuable. Seule la lumière y organise des révolutions si changeantes qu'au gré des courbes de la voie nous traversons des flaques d'ombre subite, des intervalles miroitants ou bien une alternance stroboscopique de soleil et de nuit.

Cette splendeur n'est pas un chromo rabâché, elle *est* le Vietnam, cette nation aux trois quarts paysanne. Ici, sous les fenêtres du *Thong Nhat*, c'est l'épaisse identité vietnamienne qui perdure en dépit des guerres et des stalinismes, la quille du bateau, le lest échappant aux tempêtes, la réserve pour demain… Sans doute, les « erreurs » communistes et les nationalisations

*Nous reprenons notre voyage par le train…*

*… il y a beaucoup de gens du Nord…*

des terres avaient-elles déréglé cet univers au point de provoquer, vers la fin des années soixante-dix, des pénuries de riz et même des quasi-famines. Mais on est revenu en arrière à temps. Depuis la fin de la collectivisation en 1986 et le retour à l'agriculture privée, les rizières vietnamiennes, celles du Sud en tout cas, ont retrouvé leur opulence. En 1992, les paysans du Delta et de l'Annam ont enregistré leur meilleure récolte depuis des années. Le cours du riz a chuté, mais un sourire éclaire tous les visages. Voilà le Vietnam redevenu le troisième exportateur mondial de riz. Ce pays en loques, ruiné par la guerre et l'échec stalinien, est à nouveau assis sur ce trésor.

Maintenant qu'il s'agit de reprendre à zéro une histoire fourvoyée par l'échec communiste, le Vietnam se trouve mieux loti que la Hongrie ou la Russie, les anciennes colonies d'Afrique noire ou du Maghreb, ces pays-terrains vagues où les campagnes ont subi – à jamais – la même dévastation.

*… nous longeons souvent la mer.*

# Orage à Da Nang

Cette plage de Bac My Ann est un « bout du monde » où jouent quelques enfants. Le chemin sablonneux bute sur un cul-de-sac clôturé par les dunes. Le sable y est blond et propre. De grands filaos forment un couloir d'ombre fraîche à proximité des premières vagues. Deux paillotes-buvettes se font face, avec leurs sièges de toile et leurs trois ou quatre tables basses. Au loin, dans les brumes de chaleur qui estompent l'horizon, émergent les sommets chevelus de l'îlot Cu Lao Cham, sentinelle de pierres et de forêts veillant sur la baie. On y récoltait, jadis, des nids d'hirondelle et des coquillages. En deçà de la plage, à quelques centaines de mètres dans notre dos, une dizaine de baraquements sans étage offrent des chambres et des cuisines collectives aux travailleurs méritants. Tous sont fermés.

La patronne d'une paillote nous a servi un de ces cafés *den* que les Italiens eux-mêmes pourraient envier. Elle nous sourit très doucement, réprimande à voix basse son enfant qui m'a pris la main.

*C'est ici que les Américains ont débarqué en 1965.*

L'ample courbe de cette baie est surplombée, au nord, par l'escarpement subit du col des Nuages. Da Nang, l'ancienne Tourane des Français, le grand port du centre-Vietnam, est à huit kilomètres plus au sud. Quant à cette plage de Bac My Ann, aveuglante et vide, rien ne signale qu'elle appartient à l'Histoire. Et depuis fort longtemps.

La baie où se perd notre regard, c'est un peu la gorge offerte du Vietnam, le point sensible… Au XVII^e^ SIÈCLE, les navires français qui y jetèrent l'ancre amenaient les premiers pères jésuites qui fondèrent, à Faïfo (aujourd'hui Hô An), une mission qui amorçait la christianisation partielle du pays. En 1856, *Le Catinat*, embusqué dans cette même baie, bombarda de ses canons le port de Tourane, prélude à la colonisation française que « justifiaient et rendaient nécessaire », selon les termes de la Commission de Cochinchine, les persécutions contre les missionnaires.

Et c'est également ici que débarquèrent, le 8 mars 1965, les premiers bataillons de Marines américains de l'opération « Lance d'argent » qui marquait l'engagement massif de l'infanterie US au Vietnam. Au même moment, Lyndon Johnson avait déclenché l'opération « Tonnerre » sur le Nord, et les B-52 pilonnaient les faubourgs d'Hanoi. On se souvient des plans panoramiques diffusés par toutes les télévisions du monde. En face de Da Nang, les lourds bâtiments de la VIIe flotte, canons braqués vers la côte, barraient l'horizon vers l'îlot Cu Lao Cham. Le ciel était rempli d'hélicoptères, de chasseurs Phantom F-4 et de Skyhawk A-4. Les gars, sautant des péniches de débarquement, casque lourd sur la tête, barda sur le dos, cramponnés à la crosse de leur M-16 se ruaient sur la plage en direction de la rangée d'arbres. Derrière eux, les véhicules amphibies labouraient déjà le sable mouillé.

Le comité d'accueil qui attendait les Marines n'était pas composé de Vietcongs embusqués dans les dunes et de canons de 130 *made in URSS*, mais de jeunes filles en tuniques blanches qui leur passèrent aussitôt des colliers de fleurs au cou. Les gars s'arrêtaient, éberlués et méfiants, dégoulinants d'eau salée. La plage était calme, des gosses passaient en vélo sur la route. Moment inouï, décalage irréel qui ne ferait illusion que quelques jours. La guerre allait entrer, pour dix ans, dans la sauvagerie. Dès le mois de juillet de cette même année 1965, un peu plus au sud, sur la plage de Quang Tin, deux bataillons de Marines livrèrent une féroce bataille contre le 1er régiment vietcong et perdirent cinquante et un hommes en quelques heures.

Aujourd'hui, la plage de Bac My Ann, près de Da Nang – la « plage rouge », disaient les

Américains –, est livrée aux amoureux qui se parlent à voix basse en marchant sous les filaos, aux pêcheurs de seiches et de thons blancs qui, chaque soir, lancent dans les vagues leurs longues barques effilées comme des pinasses arcachonnaises. Au nord, quelques bâtiments en dur ont été récupérés par l'armée vietnamienne. On aperçoit la flèche des antennes radio dépassant des dunes, le sommet d'un mirador et la silhouette débonnaire d'un *bo doï*, Kalachnikov à l'épaule.

Quittant la plage, nous reprenons machinalement l'itinéraire des trois mille cinq cents Américains débarqués en 1965, bientôt rejoints par d'autres et qui firent de cette région le plus formidable amoncellement de terrains d'aviation, bases militaires, bunkers, dépôts de munitions, postes de commandement enterrés, magasins généraux et bordels pouilleux, tours de contrôle, chevaux de frise, barbelés. Vingt-sept ans après « Lance d'argent », subsistent en ces lieux un décor de rouille et de ferraille, les vestiges d'un campement frénétique. Plus qu'aucune autre ville, sans doute, Da Nang a subi cette prodigieuse éventration militaire, ces tonnerres mécaniques de la garnison et des convois qui faisaient trembler le sol, ces permissionnaires en bordée dans les bars à GI's et ces tribus d'envoyés spéciaux en quête d'hélicos pour le front. La ville en a gardé je ne sais quel air exténué, sali, le

*Il vaut mieux parler français.*

visage las de ceux qui en ont trop vu. Sur la route, nous longeons les anciennes pistes d'atterrissage dont les abris en demi-lune sont toujours là. Il y a des bâtiments en ruine, des bunkers éventrés que gardent des soldats, des carcasses de GMC couchées sur le flanc. À l'entrée de Da Nang, une statue hideuse de la « mère patrie socialiste » aux lèvres noirâtres ouvre ses bras musculeux à la mémoire de dix-sept combattants vietcongs tués dans un combat.

Rien de très aimable, ici. Est-ce la fatigue ? La lassitude d'une étape tôt commencée ? Une gluante tristesse nous pèse sur les épaules. Raymond est formel : dans son viseur, cette fois, aucun visage ne sourit. Ordinairement, lorsqu'il se plante, massif, devant les gens pour braquer sur eux l'objectif de son boîtier grand format, le moment de sidération ne dure qu'une seconde. Aussitôt après, une lueur amusée s'allume dans les regards, un geste est ébauché, un vague dandinement trahit une connivence. Même infime, elle est là, qui justifie la photo. Ou la pardonne. Pas ici. Je sens Raymond plus précautionneux, embarrassé par ces « sujets » qui se dérobent. D'être sans relâche aux aguets nous rend sensibles aux plus infimes vibrations des trottoirs.

Nous marchons sur l'avenue Le Duan qui conduit à la rivière Han, encore enjambée par l'ancien pont De-Lattre-de-Tassigny que double

*Il faut garder ses distances avec ces jeunes filles.*

un autre ouvrage construit par les Américains. Da Nang est une ville grise. Des barbelés rouillés demeurent accrochés à tous les balcons, les immeubles sont lépreux, branlants, écaillés. La plupart des bâtiments du centre sont ces HLM des années soixante devenus des taudis crasseux aux fenêtres aveugles, aux cours intérieures jonchées de détritus et d'épaves de vélomoteurs. À notre approche, des policiers essaient de remettre un peu d'ordre dans la foule. Sursaut absurde, injonctions énervées... Des familles de sans-abri ont élu domicile sur les trottoirs des rues adjacentes, tendant des morceaux de toile délavée d'un tronc à l'autre. On nous suit lentement des yeux...

Sur la rue Bach Danh, qui longe la rivière Han, ancien « front de mer » colonial avec ses frondaisons, ses quais de pierre et ses anciennes villas à vérandas dentelées de bois, la mélancolie est plus rugueuse encore. Les villas sont décrépites et celles qui ne le sont pas, fraîchement repeintes et gardées par un *bo doï* en armes, trahissent les privilèges d'une nomenklatura communiste, ce qui les rend plus sinistres encore. Des adolescents saouls de bière et d'ennui nous suivent à vélo. L'appareil de Raymond les intrigue, ils se poussent du coude, rivalisent d'audaces naïves et de pirouettes. À nos yeux, soudain, le Vietnam est devenu un tout autre pays. Presque hostile. On dirait qu'à chaque pas quelque chose se défait, se délite. Les quais de la rivière Han sont jonchés de coquilles de bigorneaux cuits à la sauce rouge, grignotés sur place et répandus partout, encore gluants d'huile et d'épices.

Instinctivement, nous nous retranchons. Les vieillards quémandeurs qui maintenant nous escortent sont reçus sans indulgence. Pourquoi serait-elle continûment patiente et magnanime la fantaisie du voyageur ? Certains de ces retraités poussent une vieille bicyclette, tous parlent un français caverneux, étrange, comme un vocabulaire qui remonterait de très loin, déformé par l'écho, tronqué ici et là par l'oubli. L'un était télégraphiste dans l'armée française « du temps de Pétain », dit-il ; puis collaborateur des Américains dans les services de transmission. En 1975, il a eu de « gros ennuis ». Deux de ses huit enfants sont en Australie. Au début, ils envoyaient un peu d'argent, plus maintenant. Il survit, ajoute-t-il, en servant de guide ou d'intermédiaire aux rares touristes de passage. Voulons-nous louer une voiture ? Il connaît un chauffeur et l'on peut s'arranger. Avec un morceau de carton, il s'est fabriqué une carte de visite avec des lettres d'imprimerie tracées au stylo-bille et me la tend avec des précautions de comploteur.

L'autre vieux, pour nous complaire peut-être, récite en bloc, d'une voix monocorde, un éloge de la colonisation française qu'on dirait appris par cœur dans un très vieux manuel d'histoire. Textuellement : « Nous, les intellectuels, nous nous souvenons de l'œuvre civilisatrice de la France. Elle a construit des routes et, sur les larges fleuves, des ponts solides et utiles. Le docteur Yersin, illustre savant et chercheur infatigable, a beaucoup fait pour le peuple vietnamien. » La récitation est si appliquée qu'elle trahit le souvenir d'enfance restitué tel quel, la leçon récitée au pied du tableau noir et inscrite à tout jamais dans la mémoire, comme la table de multiplication ou la liste des préfectures. De quelle histoire illustrée de « l'Empire français » ce refrain édifiant est-il extrait ? Quelle intention faut-il y chercher ? Et si cette nostalgie, chantante comme une comptine, était simplement vraie ?

Sciemment, nous nous dérobons devant la rencontre. Nous n'avons pas envie de réfléchir à tout cela. Il fait trop chaud. Nous sommes fatigués. Le restaurant du centre où nous avons déjeuné de crevettes grillées et de riz au poulet était à l'image de la ville. Vaste et sale, peuplé de serveurs sournois et de cuisinières traînant les pieds. M^me^ D. semble surprise de nous découvrir agacés, incurieux des autres. Tout voyage est jalonné de « trous d'air », de pannes du regard.

À proximité du centre-ville, au nord de l'embouchure, nous butons sur une autre plage restée fameuse dans la mémoire des vétérans yankees. Les Américains l'avaient baptisée China Beach. C'est là qu'ils venaient nager et regarder les filles pendant leurs permissions. Un night-club célèbre la bordait, transformé aujourd'hui en centre de vacances. Pour le reste, rien n'a changé. Ni la rue encombrée de vélos et de Honda, ni les maisons de brique hérissées de bougainvillées. Seule la lumière, subitement, nous arrache à nous-mêmes. Un orage vient de crever, le ciel est encore noir au-dessus de la mer, mais un rayon oblique, comme un « spot » de théâtre, éclaire juste la plage en laissant le reste du paysage dans l'obscurité glauque de la mousson. Des gosses courent sur le sable, des élégantes replient leurs parapluies en secouant leurs cheveux mouillés. Photo !

Derrière nous, Da Nang garde, depuis vingt ans, cette même couleur d'acier dur.

# Concerto de l'adieu

Ce fut d'abord un jeu, une facétie sans autre conséquence que de nous faire sourire, Raymond et moi. Nous avions, dans nos bagages, le *Concerto de l'adieu* de Georges Delerue, composé pour le film *Diên Biên Phu* de Pierre Schoendoerffer. Le film venait de sortir au moment de notre départ pour le Vietnam. Dans le cinéma du carrefour de l'Odéon, où j'étais allé seul, des larmes m'étaient venues, si brutales, tellement inattendues que j'avais attendu un moment après la fin du film pour ressortir sur le boulevard Saint-Germain. Mes yeux étaient rouges, c'était idiot. J'étais un peu honteux de cette émotion subite qui m'avait noué la gorge. Je n'en avais pas parlé, autour de moi. J'avais pris un air dégagé pour dire que le film était « pas mal » quoiqu'un peu « mécanique dans sa construction ». Mais j'avais couru acheter la bande originale.

C'était deux jours avant de prendre l'avion. J'avais glissé cette cassette à peine réécoutée dans ma valise.

Tout a commencé un peu avant Dalat. Nous avions fait halte dans un village et commandé du thé glacé à la terrasse d'une sorte de buvette en bambou. Nous étions assis sur des chaises artisanales aussi basses que des sièges de poupée. Des charrettes et des files de vélos passaient sur la route en projetant vers nous des nuages de poussière rouge. Des gens s'arrêtaient pour nous dévisager. Depuis combien de temps n'avaient-ils pas vu de voyageurs occidentaux ? Comme à l'accoutumée, une grosse radiocassette était en marche et nous cassait les oreilles. Les jeunes de la buvette pensaient nous combler en passant des variétés américaines et du hard rock. Les basses nous résonnaient dans la poitrine comme des coups de poing. C'était assourdissant et désagréable.

Alors, j'ai pensé à la cassette de Delerue qui était dans mes bagages. Je suis allé la chercher et je l'ai tendue d'autorité aux jeunes de la buvette. Immédiatement, ils ont arrêté leur détestable *musica* pour passer ma propre musique. C'est alors, et *alors seulement,* que nous avons compris ce que la scène avait d'extraordinaire. Nous étions deux Français au cœur du Vietnam et nous écoutions à tue-tête, au centre même d'un village du Lang Bian, la bande son de *Diên Biên Phu,* leitmotiv obsédant qui rythme de ses solos de violon la descente aux enfers du corps expéditionnaire français.

Bien entendu, les jeunes m'ont demandé ce qu'était cette musique bizarre, si radicalement différente de leurs grosses caisses. J'ai suggéré à M$^{me}$ D. de leur expliquer très exactement de quoi il s'agissait. Je guettais leur réaction. Une mine grave, un hochement de tête entendu, une attention visiblement respectueuse. Rien de bien probant, au fond. Que signifiait exactement leur sourire figé ? Nous étaient-ils reconnaissants d'écouter devant eux la musique symbole d'une victoire vietnamienne ? Jugeaient-ils au contraire déplaisant d'avoir à entendre, avec des étrangers, le rappel d'un événement « héroïque » exploité jusqu'à la corde par la propagande communiste ? Je n'en avais pas la moindre idée. Au Vietnam, certains sourires sont plus opaques encore que le silence.

Depuis cette « première » des environs de Dalat, nous n'arrêtons pas, avec Raymond, d'écouter le *Concerto de l'adieu*, d'étape en étape, avec le sentiment de poursuivre une quête. Nous mettons notre cassette en route dans les endroits les plus extravagants : terrasse de l'hôtel Thong Nhat à Phan Rang, gargote du bord de route vers Qui Nhon, salle de restaurant du Vinh Dong Hôtel à Nha Trang, café en plein air de Da Nang… Les gens se taisent pour écouter, on nous sourit parfois. C'est maintenant un rite. Lorsque j'oublie d'y sacrifier, Raymond, à moitié goguenard, me rappelle à l'ordre : « Sors la cassette ! » Bien sûr, nous plaisantons : « Tout le Vietnam aura entendu cette musique. » Mais ce « jeu » n'est pas si gratuit.

J'avais dix ans au moment de la chute du camp retranché de Diên Biên Phu. Au pensionnat de Villard-de-Lans, on avait réuni toutes les classes dans la salle du réfectoire pour une minute de silence. « C'est un jour de deuil pour la France », avait dit le directeur. Nous ne comprenions pas très bien de quoi il s'agissait mais, en fils et frère de militaire, j'avais tout de même pleuré d'instinct. Et longtemps. L'expression « deuil pour la France » m'avait paru irréversible. Puis, les années passant, j'avais enfoui ce souvenir au fond de moi. Par la suite, cependant, à la différence de ceux qui m'entouraient, je n'ai jamais supporté l'antimilitarisme rigolard des années soixante et soixante-dix, le dédain des « politiques », le sarcasme des intellectuels dont j'étais pourtant proche. Quelque chose en moi préférait ceux qui paient cash leurs convictions. Une indulgence instinctive pour les soldats, même perdus, m'habitait qui ne m'empêchait pas de détester les ganaches et la bêtise des garnisons. Mais je n'aimais pas qu'on ironise sur le mystère de la guerre, voilà tout. Ce n'était pas très cohérent avec le reste de ma vie. Tant pis. J'ai dû m'accommoder, vaille que vaille, de cette « contradiction ». Peut-être suis-je devenu journaliste pour la résoudre à ma façon : en étant tout à la fois d'un côté et de l'autre ; avec les mots mais près des choses ; familier des discours, mais jamais loin des larmes.

J'ai souvent buté sur cette ambiguïté dans les années soixante-dix à Saigon, lorsque je suis entré pour de bon dans une guerre.

Depuis notre arrivée au Vietnam, je comprends mieux pourquoi j'ai été à ce point bouleversé en voyant *Diên Biên Phu*. Ce n'est pas seulement à cause du pathétique de la défaite, du déchirement de la reddition et de l'horreur des camps annoncés. Tourné au Vietnam même, avec la participation de l'armée communiste et des anciens « viets », ce film se voulait l'ébauche de retrouvailles amorcées par-delà l'Histoire, une main tendue d'un camp à l'autre. Par sa seule existence, il prouvait que ce chemin-là était praticable. Du moins, c'est ainsi que je l'avais reçu. Il m'a semblé, du même coup, que deux moitiés de moi-même pouvaient enfin se rejoindre. On pleure pour moins que cela…

Depuis Dalat, nous n'en finissons donc pas de surveiller la réaction des Vietnamiens. Mais cette attente, cette impatience ne sont pas très raisonnables. Dans notre hâte, nous avons oublié l'essentiel. L'idée m'en est venue en découvrant un air d'ennui sur le visage des deux petites serveuses de l'hôtel Dien Luc à Da

Nang. L'essentiel, c'est l'épaisseur insondable du temps passé. Nous avons cédé, en somme, à la sempiternelle hallucination du voyageur qui tient en ceci : en vaquant dans le monde, nous faisons comme si le temps « local », menue monnaie sans valeur, s'arrêtait après notre départ et se remettait en mouvement à l'instant même de notre retour. Nous réagissons comme si l'Histoire suspendait sa marche dans les pays que nous quittons et attendait que nous revenions pour reprendre son cours. Le monde, en quelque sorte, attendrait d'être *élu* par nous pour exister vraiment, comme l'Amérique attendait d'être *découverte* par Colomb pour accéder à l'être. Vieux péché occidental, manigance de l'orgueil et du voyage...

La preuve : il m'a fallu un effort de réflexion et un calcul mental avant de réaliser ceci : pour des jeunes Vietnamiens, la bataille de Diên Biên Phu est plus éloignée dans le passé que ne l'était pour nous, à leur âge, la bataille de Verdun. Rien d'autre qu'une date entrée dans les manuels, l'épisode refroidi d'une histoire récitée à l'école. Étions-nous émus, à vingt ans, lorsqu'on nous parlait des poilus, des Éparges ou du Chemin des Dames ?

En vérité, les Vietnamiens que nous croisons sur notre chemin n'ont pas grand-chose à dire de notre *Concerto de l'adieu* et de *Diên Biên Phu*. Disons qu'ils s'en fichent. Et c'est bien ainsi.

# Retour à Khe Sanh

À vingt kilomètres de la frontière du Laos, sur le champ de bataille de Khe Sanh, dans une terre couleur de brique, poussent des buissons de sensitives aux petites feuilles en éventail. À peine les effleure-t-on qu'elles se rétractent comme des anémones de mer. La sensitive, que les Vietnamiens appellent la « fleur honteuse », tapisse une cuvette d'un kilomètre sur deux cernée par la brume. On appela ce périmètre oublié à mille cinq cents kilomètres de Saigon le « Diên Biên Phu américain » (1967-1968). Marcher aujourd'hui sur les anciens bunkers des Marines encore jonchés de balles de M-16 ou de AK-47, déambuler dans un silence absolu sur ce qui fut la piste en tarmac de Tacon, c'est provoquer aussitôt sous ses pas un extraordinaire recroquevillement végétal qui chemine ensuite, de proche en proche, comme un frisson. Personne ne pavoise ici...

Khe Sanh est une « poêle à frire », disait-on à Hanoi. Le général Vô Nguyên Giap qui préparait l'offensive du Têt Mau Than (1968, année

*Voir Khe Sanh… et la piste Hô Chi Minh…*

*… nous sommes montés à Khe Sanh*
*par la route nationale n° 9…*

*… un petit monument… pour une grande bataille…*

*… quelle tristesse…*

*… le lieu respire encore la mort…*

du singe) y faisait revenir et « réduire » – en diversion calculée – les six mille GI's de la 5e division des Marines. Infernale cuisine... Les gars écoutaient *Dock of the bay* d'Otis Redding ou *Foxy Lady* de Jimi Hendrix, terrés dans leurs abris. Sur ce camp retranché guetté par le monde entier tombaient jusqu'à sept mille obus, roquettes ou *katiouchas* par jour. Les entrailles de la terre en sont encore saturées, comme à Verdun. Partout, des terriers béants dans les talus : les « chercheurs de métal » sont toujours à l'œuvre en 1992. Des gosses ou des gamines de douze ans qui, ampoules aux mains, piochent sous le soleil et vendront leur récolte pour 100 dongs (10 centimes) le kilo aux ferrailleurs de Dông Hâ. Vingt-quatre ans après la plus furieuse – et la plus foireuse – bataille de la guerre américaine. Celle qui coûta son poste au général William Westmoreland, valut à Lyndon B. Johnson de perdre la Maison-Blanche et permit à Michael Herr, envoyé spécial d'*Esquire*, d'écrire les pages les plus incandescentes de l'histoire du journalisme. *Putain de mort*...

> « Khe Sanh... Je vois une route. Elle est pleine d'ornières creusées par les roues des camions et des Jeep, que les pluies empêchent de durcir, et au bord de la route il y a un bout de tissu, un poncho qui vient de servir à couvrir un mort, un poncho trempé de boue et de flaques de sang tout raide dans le vent. »

Vingt-quatre ans plus tard… Vers le début du mois de mai 1992, un certain John Charpentier (ou Charpenter), vétéran du corps des Marines, s'est fait conduire – comme nous – à Khe Sanh par M. Nguyên T. D., guide officiel de la province de Quang Tri. Arrivé sur place, il s'est dirigé sans hésiter vers un monticule de terre en bordure de l'ancienne piste d'atterrissage. De là, il a regardé vers les collines 845, 832, 861 et 881 coiffées de nuages, puis au sud-ouest, où se trouvait l'ancien point d'appui de Langvei, enfin à l'est, en direction des « bases de feu » de Rockpile et Camp Carrol. Il scrutait l'horizon comme pour s'assurer de sa propre position. Puis, sans transition, le vieux Marine a regardé à ses pieds, il a fondu en larmes.

Plus tard, il a murmuré à son guide que, souvent, là-bas, en Virginie, il avait mis le canon d'un colt 11-43 dans sa bouche. Foutue saloperie de Vietnam… De retour vers Dông Hâ par la route n° 9 – l'une des plus bombardées du monde –, le lieutenant Charpentier (ou Charpenter) a voulu s'arrêter dans l'après-midi au mémorial de Con Thien (la « colline des Anges »). Là, sur un saillant planté de pins et d'hévéas, les petites tombes en ciment, à perte de vue, sont regroupées par province. Sauf celles des douze héros et des soixante-six soldats inconnus des FAPL (Forces armées populaires de libération) qu'on a rassemblées au centre du mémorial. Le lieutenant Charpentier s'est accroupi devant l'une des vingt-deux mille tombes des *bo doï* des divisions 304, 320 et 324B de l'armée nord-vietnamienne. Sans un mot, il a allumé un à un tous les bâtons d'encens qu'il avait apportés et les a fichés en terre. Pour les *Nyaq* d'autrefois, pour ces silhouettes qu'il apercevait parfois dans la fumée des bombardements, pour ses ennemis d'hier…

Charpentier n'était pas le premier, ni le dernier. Depuis quelques mois, grâce à la levée partielle de l'embargo américain, d'anciens GI's viennent à Khe Sanh en pèlerinage. Ils y croisent des vétérans communistes amenés par autobus par les amicales d'anciens combattants. Les uns et les autres se parlent et rigolent ou pleurent ensemble. Le temps a passé à Khe Sanh… Quant à la guerre, ne jamais sous-estimer l'épaisseur de son mystère !

Une proximité paradoxale réunit aujourd'hui dans la même détresse les vétérans des deux camps. Comme en Amérique, les centaines de milliers de *bo doï* n'ont eu pour prix de leur victoire que l'ancestrale ingratitude des sociétés civiles qui, la paix revenue, se détournent de leurs anciens combattants. Ils forment la même cohorte désenchantée, confrérie de gueules cassées, de culs-de-jatte faméliques, de quadragénaires gazés, semi-mendiants. On croise leurs chaises roulantes dans les rues d'Hô Chi Minh-Ville, de Da Nang ou d'Hanoi. Ils pleurent leurs pensions avares, agitent leurs béquilles, radotent les mêmes souvenirs et jurent entre leurs dents que les « politiques » ont aussi sûrement dilapidé la paix qu'ils avaient gagné la guerre. Le sang versé ne vaut plus très cher sur le « marché » vietnamien… Certains vétérans sont devenus voleurs à la tire ou petits dealers, d'autres sont reconvertis dans la contrebande. Tous expriment la vieille stupéfaction des guerriers floués par l'Histoire. Tant de morts pour en arriver là… Si un langage leur est accessible, c'est bien celui des anciens GI's dont les larmes ressemblent aux leurs. Ironie glacée de la guerre…

Nguyên T. D. nous racontait tout cela, et des tas d'autres choses. Il nous récitait même, par bribes, la version héroïco-officielle, communiste et révolutionnaire, de la bataille de Khe Sanh. Celle qui en rajoute sans vergogne : dix-sept mille Américains et « fantoches » au tapis, etc. Mais, disant cela, D. murmurait immanquablement qu'il parlait « d'après les documents communistes ». Il nous semblait alors que son expression était circonspecte, oblique, voire carrément rigolarde. Je dis bien *il nous semblait*. Qui saura jamais la vérité sur Khe Sanh et sur l'« adhésion des masses » au communisme ?

Nous mangions du riz gluant et du poulet bouilli dans la seule gargote de Khe Sanh-Ville, qui fut rasée jadis par les B-52 venus de Guam ou de Udorn en Thaïlande. Aujourd'hui, les trente mille habitants se sont réinstallés dans cette bourgade où poussent les poivriers, le café et les gros jacquiers aux fruits obscènes, qui pendent à même les troncs. Nguyên T. D. semblait agacé par nos voisins. Près de nous, une tablée de « cadres » faisait la fête. En uniformes verdâtres, ivres morts, des douaniers de la frontière du Laos s'envoyaient des caisses entières de bière Huda ou Zhu Jiang qu'ils payaient cash avec l'argent des trafics. Mains baladeuses, ils lutinaient des serveuses. Résiste-t-on à un cadre communiste en goguette ?

La patronne somnolait sur son coude derrière sa caisse, stylo à bille levé. Des chiens rôdaient sous les tables. Le lourd silence du champ de bataille nous bourdonnait encore dans les oreilles. Pour tout dire, l'endroit puait toujours le massacre et la tragédie. Comme pue encore l'ancienne DMZ (zone démilitarisée) et toute la province de Quang Tri, l'une des plus dévastées, bosselées, labourées de tout le Vietnam. Une province de « héros » et d'orphelins, jonchée de monuments aux morts et peuplée d'anciens réfugiés. Une province « libérée » dès 1972, trois ans avant Saigon, mais dont on dirait qu'elle est en retard sur les autres dans sa lente digestion de toute la ferraille et de toute l'épouvante de la guerre.

Ici, les premiers jours de la paix furent une

aubaine pour quelques-uns. Sous les hangars de l'ancienne base de Ai Tu, dans les abris bétonnés de Dông Hâ ou Cam Lo, les plus rapides trouvèrent des camions tout neufs, des chaînes stéréo, des générateurs ou de la quincaillerie *made in US*. On fit des affaires. Comme des colonnes de fourmis, les gens emportaient sur leur dos des frigos ou des télés, des climatiseurs et des caisses de ration. Tout le monde s'en souvient encore. Une guerre entière, un morceau d'Amérique qu'il s'agissait de déménager dare-dare, et de recycler !

Puis vint le temps, toujours inachevé, de la « récupération industrielle ». On remit en route les gros GMC américains. Vingt ans après, ils roulent encore dans tout le pays, à côté des camions russes Kama et des IFA est-allemands. On crapahuta dans les collines et les forêts de la vallée d'A Shau pour désosser les centaines de carcasses d'hélicos ou d'avions et trafiquer sur les métaux rares qu'elles contenaient. Ces montagnes de ferraille, ces tôles et ces tourelles de char firent le bonheur des ferrailleurs de Hong Kong, de Taiwan ou de Séoul. Avec les boîtes de conserve, les douilles vides, les bidons trouvés sur l'emplacement des anciennes bases US, on fabriqua des pièces de monnaie ou des packs de bière. Enfin, on piocha au petit bonheur dans les champs tandis que les paysans, revenus chez eux, tentaient de labourer leurs

*Une jeune femme cherche du métal*
*sur ce champ de bataille.*

*Le cimetière militaire est tout neuf.*

rizières. Un peu plus de deux mille sautèrent sur des obus ou des mines dans cette seule province de Quang Tri.

Travail de taupe et geste conjuratoire: cette ultime brocante qu'on arrachait kilo par kilo à la terre, c'était la guerre elle-même qu'on extirpait peu à peu des mémoires. Qu'avait fait d'autre l'Amérique, jadis, que de plaquer sur le Vietnam une espèce de pays-bis en ciment et bitume, un quadrillage serré de bases et de terrains d'aviation qui «flottèrent» désespérément sur le pays réel sans jamais toucher ni atteindre vraiment l'épaisseur de son être? Machinerie formidable, surdimensionnée, mais qui demeura aussi *étrangère* à la société vietnamienne que les routes coloniales elles-mêmes, dont le grand Paul Mus décrivait naguère la fondamentale vanité.

Dans mes notes de 1972, j'ai retrouvé une citation de Mus, recopiée jadis dans son livre, *Les Vietnamiens et leur révolution*. Le texte date du début des années cinquante, mais s'appliquait lumineusement à l'«erreur américaine»:

> «Comme la route officielle de jadis courait du palais impérial au palais provincial et à toutes les installations du réseau religieux et administratif, s'établissant au-dessus des terres et du peuple, nos routes à leur tour tranchaient sur le reste du pays, enjambant les fleuves, coupant les collines, expropriant les rizières. Elles nous menaient

> comme d'île en île de notre monde. Ces quartiers européens, ces maisons socialement interdites, en pratique, à l'homme du pays, se dressaient ou se posaient au bord de l'asphalte, comme les châteaux volants des dieux dans les légendes. On comprenait d'instinct que les autos des Européens ne pouvaient que brûler le pays, entre ces morceaux d'une autre planète, surimposés à la campagne traditionnelle; cet autre genre d'hommes n'avait point affaire là. »

Ainsi fut posée sur le Vietnam l'infrastructure militaire américaine, à la fois gigantesque et dérisoire. Vaste et ontologique ferraille donc, qu'il s'est agi, dès après 1975, d'arracher à la terre. L'est-elle tout à fait ?

Pas encore. À Con Thien (la colline des Anges), ou sur la rivière My Chanh qui marqua le « front » au printemps 1972, les fouilleurs de boue travaillent encore comme à Khe Sanh. À Huê même, chaque matin, de la terrasse du Huang Giang Hôtel, on regardait des gosses en pirogue qui n'en finissaient pas, masque sur le nez, de plonger dans la rivière des Parfums. Les éclats d'obus ou de bombes qu'ils remontaient à la surface n'étaient jamais très gros. Petit bénéfice mais rappel obsédant. Devant l'enceinte de la citadelle de Huê, une petite vendeuse proposait aux touristes de vieilles balles de Kalachnikov ou de M-16 montées en pendentifs.

Ailleurs, au Vietnam pourtant, les souvenirs de la guerre paraissent assez brumeux et les Vietnamiens n'en parlent plus guère. Les forêts ont repoussé, des plantations d'eucalyptus recouvrent les zones qui furent arrosées de 71 250 000 litres de défoliant (chiffre américain), vingt millions d'habitants de plus sont venus compenser un million de morts. Des centaines de bases américaines, bétonnées, fortifiées, hérissées de barbelés, il ne reste rien que de bizarres terrains vagues, comme à Biên Hoa ou Cam Ranh, et quelques bunkers dont certains, comme celui de Con Thien, sont… français. Quant aux musées militaires, ceux d'Hanoi ou de Saigon, ils exposent des blindés et des avions US pris à l'ennemi mais qui, patinés par la pluie et le soleil, ressemblent à de vieilles épaves d'un autre siècle. Plus de la moitié des Vietnamiens d'aujourd'hui n'étaient pas nés il y a vingt ans. L'oubli déjà ?

Pas à Dông Hâ (province de Quang Tri) ; surtout pas à Dông Hâ, où nous sommes revenus en fin de journée. Dans le minuscule « bureau du tourisme » qu'occupe Nguyên T. D., une carte de la province est punaisée sur le mur. On y lit en anglais : « Principaux centres d'intérêt de Quang Tri ». Des noms de villages, de petits symboles coloriés. On regarde de plus près : *uniquement des lieux de bataille.* Faute d'oublier la guerre, Quang Tri, province martyre, va s'efforcer de la vendre aux touristes. Les prix sont faits. 15 dollars pour le guide, 1 dollar par personne et par « site » visité. Un discours tout prêt pour vanter l'intérêt – *exciting !* – de chaque site.

Et encore ! M. Nguyên T. D. ne connaît sans doute pas encore le projet que nourrissent les cadres du Comité populaire de Quang Tri qui, en tant que représentants d'une province martyre, ont leurs entrées et des appuis à Hanoi ? (La « mafia » de Quang Tri, dit-on parfois.) Un *Vietkieu* partenaire du *joint-venture* m'en a parlé avec la fougue d'un manager. Il s'agit de monter, dès la levée de l'embargo US, un *tour operator* sur Khe Sanh pour les anciens GI's à l'âme endolorie. Marché estimé : deux à trois millions de vétérans yankees. Titre envisagé : « Vietnam Safari ». Pour 1 700 dollars, avion compris, on amènera les vétérans du Midwest par la route n° 9 qui, partant de Thaïlande, passe au Laos et à Savannakhet. Au programme : Langvei, Khe Sanh, Con Thien et la piste Hô Chi Minh. Il est prévu, faute d'hôtels, de loger les gars dans des préfabriqués achetés aux Philippines. Un bivouac à la dure qui leur rappellera quelque chose... À San Diego, en Californie, des Marines enthousiastes ont dit au *Vietkieu* qu'ils s'inscrivaient *d'avance*.

Ils ont même ajouté, paraît-il, en jurant leurs grands dieux : « S'il le faut, on prêtera nos hélicos. »

Putain de mort !

# La *tourista*

Nguyên T. D. comptait sur ses doigts : le champ de bataille de Khe Sanh, le mémorial de Con Thien, la piste Hô Chi Minh… Cela faisait trois sites visités, quatre si l'on incluait le bourg de Khe Sanh proprement dit, ce qui pouvait se discuter. Il était déçu. Fixés par le Comité de tourisme de la province de Quang Tri, le tarif – payable en devises fortes – s'établissait ainsi : 15 dollars pour le guide, 15 autres pour l'« autorisation », plus 1 dollar par personne et par « site » visité. Nous en étions à quatre, soit 12 dollars de « prime ». C'était peu. Les touristes ne courent pas les rues à Dông Hâ. Le visage navré de Nguyên T. D. faisait peine à voir. Allions-nous en rester là ? Il suggérait un complément « très intéressant » pour arrondir sa note : un village montagnard, sis en pleine forêt, à proximité immédiate d'un tronçon de la piste HCM et du pont de Dakron, construit en 1975-1976 par les Cubains.

Nous ne nous sentions pas le cœur à refuser. En route !

Dans la voiture, soudain, Nguyên T. D. ne se tient plus de joie. Il est volubile. Il chantonne *Cerisiers roses et Pommiers blancs*, cite béatement Ronsard : *Mignonne allons voir si la rose*. Ou Verlaine : *Il pleure dans mon cœur comme il pleut sur la ville*. Il se laisse aller à quelques plaisanteries sans finesse sur la femme vietnamienne « dans le lit » et conclut, l'œil allumé : « L'homme propose, la femme dispose ! » C'est donc au milieu de ses grivoiseries et de ses chansonnettes que nous reprenons cette route martyre n° 9, cahoteuse et vide, lugubre sous un ciel d'ardoise, puis la piste HCM, rebaptisée « piste 559 ». (C'est au mois de mai 1959, en effet, cinq ans après les accords de Genève et le partage du Vietnam, qu'Hô Chi Minh en décida la construction pour permettre au Nord communiste d'aller prêter main-forte aux maquis vietcongs du Sud, menacés d'anéantissement par le régime Diêm.)

À l'entrée du pont Dakron, construit pour sceller « l'amitié révolutionnaire avec Cuba », une boutique en planches fait face à une guérite de l'armée vietnamienne. Nguyên T. D. nous suggère avec insistance d'« acheter quelques cadeaux pour les montagnards ». Dix paquets de cigarettes Dalat à 50 centimes, quelques chewing-gums et quatre poches de bonbons acidulés. Il discourt avec une autorité nouvelle. Imperceptiblement, son comportement a changé. Avec le vendeur, il est péremptoire, plutôt protecteur ; il surveille la répartition des friandises dans nos poches et nous prodigue ses recommandations : « Surtout, donnez les cigarettes une par une, deux par deux à la rigueur. Pour les gens des "minorités", c'est déjà beaucoup. »

Nguyên T. D. a trouvé plus pauvre que lui : il a grandi de trois centimètres...

Ostensiblement, Raymond a obturé l'objectif, rangé l'appareil dans sa mallette et placé le tout dans le coffre de la voiture. Nous sommes, *a priori*, en état de grève passive. On ne joue plus. L'obscénité paisible avec laquelle le « guide officiel » du Vietnam socialiste nous enjoint de visiter le monde comme un zoo grandeur nature en distribuant des cacahuètes aux tribus locales est en soi révoltante. Mais que la mascarade ait lieu ici ! Nous balançons un moment entre l'envie de faire demi-tour et la curiosité. Nous sommes curieux.

Vingt kilomètres plus loin, parvenu à destination, Nguyên T. D. trottine déjà sur un sentier en contrebas de la route, au milieu d'une végétation tropicale qui nous paraît, du coup, figurer je ne sais quel Disneyland encombré d'arbres à caoutchouc et de singes siffleurs. En marchant derrière lui, je suis, malgré tout, assailli de souvenirs. (Pas de rétro mélo, avions-nous dit : nous ne sommes pas venus dans ce pays pour dérouler, comme une toile de fond, nos anciennes « campagnes ». Tout de même...) En 1971 et 1972, j'avais enquêté sur les « minorités montagnardes » déchirées par les combats, sujet qui n'intéressait guère la grande presse. Les montagnards, à l'époque, c'était du *features* (magazine) subalterne, un sujet pour rire qu'on traitait, faute de mieux, lorsqu'on avait loupé tout le reste. À Holloway Camp, la base américaine de Pleiku, l'officier de presse, qui cherchait à se faire pardonner de n'avoir pas trouvé d'hélico disponible pour le front, proposait immanquablement une visite de l'inévitable « village montagnard ». Conséquence : en dix ou quinze ans, la tragédie spécifique des montagnards fut peu couverte, rarement racontée.

C'est un prêtre français des Missions étrangères de Paris, Jean-Baptiste Etcharren, qui m'avait convaincu de m'y intéresser sérieusement. Et Nguyên T. D. ignore évidemment que là, *dans cette même région de Khe Sanh*, j'étais venu assister à l'agonie de ces « primitifs ».

Extrait d'un article écrit en mai 1972. À l'époque, en pleine offensive communiste, on évacuait certaines tribus – les Brus – vers le sud, grâce à un pont aérien de gros porteurs C-130.

« Ces deux mille quatre cents passagers sont peut-être les derniers survivants d'un groupe ethnique qui, en 1960, comptait encore trente à quarante mille membres. À cheval sur la frontière lao-vietnamienne, les Brus occupaient alors de leurs villages sur pilotis les collines de Khe Sanh, de Tchepone, de la piste Hô Chi Minh. Ils étaient l'une des plus importantes tribus montagnardes qui, avec les Raches, les Jaraïs, les Bahnars et les Hmongs forment ces minorités que les Français appelaient les Moïs (ce qui signifie "sauvages"). Aujourd'hui, ce ne sont plus que des familles disloquées, clochardisées, déracinées qu'emmènent vers le sud les gros avions d'Air America (compagnie volant pour le compte de la CIA). Le sud, avant-dernière étape d'un long calvaire qui mène inexorablement vers la disparition de ce qui fut jadis une société ethnolinguistique, avec sa culture propre et son territoire. La guerre a frappé les Brus dans leur chair, plus que n'importe qui au Vietnam. Leurs collines ont été les premières zones stratégiques ravagées mille fois par les bombardements. Leurs hommes sont devenus mercenaires dans les forces spéciales américaines ou bien "coolies" au service du Nord-Vietnam. Spoliés de leurs terres, les Brus furent victimes d'un ostracisme culturel – pour ne pas dire plus – constant. Sous Diêm, la "vietnamisation" forcée des montagnards avait atteint un tel degré de brutalité aveugle que certaines tribus avaient formé un front commun de résistance: le Bajaraka. Ses leaders furent jetés en prison.»

Vingt ans après, nous voilà, à quelques kilomètres près, au même endroit. Nous marchons l'un derrière l'autre en direction du toujours « inévitable » village montagnard. Notre guide est guilleret. Pas nous. Aujourd'hui, les « minorités montagnardes » – pour reprendre la terminologie officielle – comptent environ un million et demi de personnes. Leur situation ne s'est guère améliorée depuis 1975. « Bien souvent, écrit pudiquement Nguyên Tan Dac, ethnologue nord-vietnamien de Hanoi, l'idéologie dominante est entrée en conflit avec les croyances et les traditions locales. » Manière prudente, presque cocasse en vérité, d'évoquer un désastre : celui de l'assimilation forcée qui fut la règle sous le régime communiste, comme elle l'était déjà avant lui. En 1992, les seules provinces demeurées interdites aux voyageurs étrangers sont celles des hauts plateaux – Pleiku, Kontum, Dak Tô... – où vivent la plupart des « montagnards ». Hanoi, quel que soit son désir de favoriser l'« ouverture » et le tourisme, ne souhaite pas de témoins dans ces régions « chaudes ».

Voici le « village » de Bru Van Kiêu : quatre ou cinq maisons sur pilotis, dans une clairière, une poignée de femmes en haillons, enfant dans les bras, quelques gosses morveux piaillant au milieu des poules. Sur les marches d'une maison, un « ancien » est assis avec un sourire figé sur une mâchoire pourrie. Nguyên T. D. circule dans ce décor comme un curé de province sur la scène d'un patronage. Il rudoie paternellement les « braves gens », fronce les sourcils en s'adressant aux enfants, nous présente le vieux comme le chef du village. Sagement, mécaniquement, les montagnards s'alignent pour la distribution : les cigarettes aux adultes, les bonbons aux enfants. Des bouches trouées par les caries nous sourient.

La scène est hideuse.

Nous l'abrégeons. Nguyên T. D., qui nous voit brader nos cadeaux à la va-vite, est au désespoir. Nous déclinons sur un ton glacial ses propositions d'« interviews ». Au demeurant, les maisons sont trop neuves, les malheureux trop abrutis par la peur ou l'alcoolisme : l'endroit est en trompe l'œil, le « site » factice. Adieu, les Brus enrôlés sous la bannière des « Vietnam Safari » ! Ciao, les pauvres parmi les pauvres, les poussières de l'Histoire, les Peaux-Rouges bougnoulisés du Vietnam héroïque ! Le retour est morose. Nguyên T. D., que nous avons sermonné, cherche désespérément des sujets de diversion, se fait tout petit, s'en prend au chauffeur, se risque à réciter une fable de La Fontaine, fait semblant de dormir. La route est longue.

Nous ne sommes pas d'humeur à écouter des fables de La Fontaine. Dans un an, dans deux ans, des Américaines du troisième âge, par autobus entiers, s'arrêteront ici, sacs de bonbons à la main, devant les « populations primitives du Vietnam dans leur cadre authentique ». J'imagine qu'on aura installé une main courante dans le sentier forestier et une poubelle sponsorisée pour les papiers de bonbons. Dans cinq ans d'ailleurs, les montagnards auront eux-mêmes tarifé le droit de se laisser photographier. Ils pueront la bière et l'alcool de riz.

La *tourista*, comme on sait, désigne ces troubles intestinaux récurrents qui ruinent la bonne humeur des touristes sous les tropiques. Y aurait-il une *tourista* de l'âme ? Certainement, puisque nous l'avons attrapée.

# Dông Hâ :
# à l'est des montagnes

J'ai d'abord cru que je rêvais. Cette nuit, on a gratté à la porte de ma chambre avec insistance. Mal réveillé, j'ai couru ouvrir. La femme de ménage de l'hôtel se tenait devant ma porte, l'air un peu las. Une Vietnamienne de quarante ans aux doigts rougis par les lessives. Elle frottait ses paumes l'une contre l'autre et me regardait sans parler. Il était près de minuit, je n'y comprenais rien. Nous étions les seuls pensionnaires de l'hôtel Dông Truong Son dont le nom signifie « À l'est des montagnes ». Quelqu'un était-il malade ?

La femme me regardait avec insistance. Elle a fini par répéter un seul mot d'une voix sourde : « *Massage ? Massage ?* » En murmurant cela, elle prenait, avec gaucherie, des mines qu'elle imaginait lascives ou tentatrices. Je suis resté un moment incrédule. Elle a cru, sans doute, que je soupesais mentalement sa propo-

*Dông Hâ, tout est détruit…*

*… il reste quelques chars américains…*

*… et des obus pour la ferraille.*

sition puisqu'elle a repris ses mimiques en les appuyant davantage. «*Massage good. Massage...*» En vérité, je n'étais pas surpris par la démarche elle-même : depuis Saigon, chaque jour, nous sommes sollicités. Si le Vietnam tout entier se jette au-devant de l'étranger, les femmes – prostituées régulières ou pas – sont évidemment les plus entreprenantes. Bien hypocrite celui qui n'y serait pas – jamais ! – sensible. Mais la scène, cette fois, n'avait pas lieu n'importe où ni n'importe comment...

L'hôtel lui-même, cette bâtisse de béton plantée dans un terrain vague, ancien hôpital transformé en «palace» communiste, suait la tristesse réglementée avec ses bassins d'eau saumâtre à l'abandon et ses caissières endormies. La ville de Dông Hâ, épicentre des meurtrissures de la guerre, ville précaire surgie des massacres et des exodes, figurait, elle-même, une sorte d'exagération du désastre. La longue tornade passée sur elle pendant trente ans – cette «Histoire en fusion» dont parlait Paul Mus – a laissé ici comme une idée de dévastation que le temps n'efface pas. Enfin, la misère de cette femme aux joues creuses, filiforme dans son pyjama de travail, tout rendait la scène affreuse. Arraché au sommeil, j'avais l'esprit confus. Peut-être aurais-je dû sourire ?

La femme insistait en pénétrant peu à peu dans la chambre. Je lui ai donné un billet de

10 dollars en faisant non de la tête. Je lui souriais pour qu'elle s'en aille. Elle ne comprenait visiblement plus rien, et nous demeurions l'un en face de l'autre dans la clarté jaune de l'hôtel Dông Truong Son, à Dông Hâ, au centre exact du Vietnam. L'attente devenait absurde. Dehors, une grosse pluie de mousson venait d'éclater. On entendait des cataractes d'eau rebondir sur les dalles à l'extérieur. La femme gardait son billet de 10 dollars à la main et son visage exprimait moins la satisfaction d'un gros bénéfice si facilement acquis que la tristesse, malgré tout, d'être dédaignée.

Je l'ai doucement poussée dehors en répétant : « *Thank you... Thank you...* » Ce n'était pas glorieux. Ni pour elle ni pour moi.

Il est minuit passé. Un épais silence retombe aussitôt sur l'hôtel Dông Truong Son, à peine troublé par les derniers gargouillis de la pluie qui s'éloigne. Je me recouche dans cette chambre moite dont la climatisation est en panne depuis longtemps. Le sommeil s'est envolé. Je me tourne et me retourne sur l'un des lits jumeaux dont les draps sont humides de sueur. Ce faux marchandage avec la femme de l'étage a ranimé un malaise que je m'efforce de refouler depuis que nous logeons ici. Ce retour à Dông Hâ n'est pas celui que j'attendais. Depuis que nous sommes dans cette fausse ville, amassée peu à peu au carrefour des deux grandes routes stratégiques (celle de Hanoi et celle de Savannakhet au Laos, *via* Khe Sanh), des souvenirs m'assaillent. Plus tenaces, plus obsédants que partout ailleurs. Rien ici ne les tient plus à distance. Comme si quelque chose, dans le décor, ne s'était pas coagulé ; comme si flottait dans l'air la même urgence inquiète qu'il y a vingt ans.

Je me lève à nouveau pour ouvrir la fenêtre donnant sur l'entrée de l'hôtel cerné par une clôture de béton. Une bouffée d'odeurs mouillées – fraîchin et terre détrempée – envahit ma chambre. La lune apparaît par intermittence derrière la course des nuages. Une clarté avare, quelques rares lucioles électriques dessinent au loin les contours de la ville. Nous sommes au printemps. Cela fait très exactement vingt et un ans que je regardais cette même ville noyée par la nuit.

C'était en mai 1971. Dông Hâ, une fois encore, était attaquée par les maquisards communistes. Logé chez Jean-Baptiste Etcharren, prêtre des Missions étrangères de Paris et curé de la paroisse, j'étais monté sur le toit du presbytère avec un jeune prêtre vietnamien. Nous comptions les fusées éclairantes qui tombaient tout autour de nous, suspendues à leurs parachutes. Le fracas des armes automatiques se déplaçait confusément vers la droite ou la gauche, au gré des combats. De temps en temps, l'explosion plus sourde d'un obus de mortier faisait vibrer les vitres de la maison. Puis, pendant une ou deux minutes, un silence absolu revenait. Accrochage de routine, clapotis indéchiffrable de la guerre que les habitants commentaient comme on rend compte d'un orage. « Ce soir, l'attaque sera plus longue que d'habitude, murmurait le jeune prêtre vietnamien accroupi à côté de moi dans l'obscurité. C'est l'anniversaire de la grande victoire de Diên Biên Phu. » (Il disait « victoire » sans hésiter une seconde, lui, le catholique anticommuniste du Sud, le jeune prêtre francophone...) Il avait ajouté : « Les soirs où il n'y a pas d'attaque, les gens appellent cela la paix. C'est la seule qu'ils connaissent. »

Le lendemain matin, nous étions sortis dans les rues avec Etcharren. Les petits commerces étaient ouverts, la ville avait repris une activité normale. Des enfants couraient en riant le long de la rue principale, des paysannes papotaient sous leurs chapeaux coniques comme si rien ne s'était passé. Au centre de Dông Hâ, des militaires désinvoltes de l'ARVN (armée sudiste) occupaient l'ancienne tour de guet construite par les Français. Tout semblait insouciant et pacifique. Tout sauf un détail : au pied de cette tour en pierre de taille, sur le bitume poussiéreux de la rue, trois cadavres de soldats communistes étaient alignés comme des trophées de chasse. Les corps étaient aplatis et désarticulés, leurs cheveux collés par la boue formaient des touffes de filasse. Des gens s'approchaient avec une fausse indifférence et retournaient parfois un des visages du bout du pied. Les morts étaient des gosses de la région ayant rallié les maquis, de gré ou de force. On exposait leurs cadavres pour informer les familles. Et les intimider.

Ce jour-là, Etcharren m'avait amené dans sa Dalat (Citroën fabriquée au Vietnam) visiter plusieurs villages de la région. Les gens lui parlaient avec confiance. Il rencontrait parfois des représentants du Vietcong qui l'entretenaient de manière oblique des rapports entre politique et religion mais le laissaient finalement en paix. Ici, la guerre ne ressemblait plus du tout à celle que l'on « couvrait » dans les bases, les hélicoptères ou les sections d'infanterie américaines. Elle n'était plus cette tragédie énorme et tonitruante. On aurait dit qu'elle s'émiettait en une multitude d'histoires minuscules, un embrouillamini de drames familiaux qu'il eût été vain de vouloir démêler. Telle famille avait deux enfants dans les maquis et un autre dans l'ARVN ; telle autre avait vu son unique fils enrôlé de force – en pleine nuit – dans les rangs du Vietcong. Je me souviens de la réflexion d'un vieillard, dans l'un des villages entourant

Dông Hâ, réflexion qui, rapportée à Paris ou même à Saigon, eût semblé inouïe : « La guerre a duré trop longtemps. Maintenant, il faudrait que le meilleur gagne. »

Tous ces gens ignoraient que j'étais journaliste. Etcharren me présentait comme un parent venu de France. En m'embarquant avec lui pour une longue traversée du pays dans sa Dalat, puis un séjour à Dông Hâ, j'étais subitement sorti d'un cadre familier : celui des *briefings*, des opérations militaires, des dîners entre journalistes et des tournées en hélicoptères. J'avais quitté la guerre proprement militaire, ce pays-bis assez nettement balisé, pour entrer dans le Vietnam réel. Celui qu'aucun GI ne rencontrait jamais. Pendant de longues journées, j'avais été précipité dans ces dédales infinis, ces hésitations villageoises, ces familles partagées. Chaque soir, je rentrais au presbytère plus troublé que la veille. Rien n'était aussi simple qu'on le disait ; rien n'était abruptement jugeable ; rien ne coïncidait avec ces choses dites *grosso modo* par les stratèges et les correspondants de guerre, par nous tous.

J'éprouvais une sorte de désespoir professionnel dont je ne me suis jamais tout à fait débarrassé. Un absolu sentiment d'impuissance et de vanité. Qu'écrire ? Comment rendre compte de tout cela ? À quoi sert le journalisme ? Chaque élément de ce que j'apprenais ici aurait réclamé – idéalement – d'être rapporté avec mille précautions, longuement introduit, corrigé et nuancé. Ces gosses enrôlés de force, par exemple, contredisaient absolument l'image qu'à l'extérieur on se faisait du Vietcong. Le fait ne signifiait pas *pour autant* que tous les maquisards combattaient sous la contrainte. De même, cette vie normale qui reprenait après chaque attaque coïncidait mal avec la vision d'apocalypse qu'on avait, même à Saigon, de cette province bordant le 17e parallèle. Mais comment dire cela sans minimiser abusivement la sauvagerie des combats ? Mille autres exemples aggravaient mon désarroi.

La guerre du Vietnam, vue d'ici, devenait un sujet impossible, une réalité en trompe l'œil. Dans la petite chambre du presbytère qu'on m'avait allouée, je passais des soirées entières livré au doute. Faisais-je un apprentissage ? Mesurais-je les limites affolantes du témoignage en général et du journalisme en particulier ?

Juin 1992 : je regarde les pauvres lumières de Dông Hâ depuis ma chambre de l'hôtel Dông Truong Son. Le malaise est intact. La question du témoignage aussi.

# Américain sur un pont

C'est un pont déglingué sur une rivière qui sent l'herbe pourrie. Une barrière y arrête tous les véhicules venant du nord ou du sud par l'ancienne « route mandarine ». Ce n'est pas une douane, ni même un poste de contrôle. L'homme qui manœuvre la mauvaise barre de bambou retenue par une ficelle n'a d'ailleurs qu'une moitié d'uniforme : veste kaki mais jeans rapiécés, casque de *bo doï* mais T-shirt jaune vif et lunettes de soleil. Cette fausse sentinelle au *look* dépareillé veille depuis trois longs mois sur l'entrée du pont. Sa mission n'est pas politique mais participe, « à la vietnamienne », de la survie bricoleuse : empêcher que deux camions ne s'engagent en même temps sur cet ouvrage de poutrelles rouillées et de madriers fendus qui pourrait s'écrouler à la moindre surcharge. À côté de la barrière, une fillette offre un étal de cigarettes et de chewing-gums ; elle plisse joliment les yeux sous le soleil. L'homme casqué, la fillette : de loin, on aperçoit ces deux silhouettes figées dans la lumière.

Des camions s'engagent précautionneusement sur le pont. Ils sont aussi bringuebalants – et aussi vieux – que lui. Sur les deux rives, la campagne est en friche. Ici, ni rizières, ni plantations, ni forêt, seulement une étendue ingrate et bosselée d'où émerge, de loin en loin, le toit de tôle d'un pavillon. Une borne indique « Hanoi 735 km » et, vers le sud, « Huê 91 km ».

L'endroit est laid, sans autre perspective que la chaîne de montagnes qui court, très loin à l'ouest, sous son écharpe de nuages. On s'approche. L'homme de la barrière jure que beaucoup de peintres viennent poser leur chevalet à l'entrée du pont. Des Vietnamiens, bien sûr, mais aussi des étrangers et même, parmi eux, des Américains. *Ong my, Ong my*... L'absolue misère du décor les séduit-elle ? La banalité du paysage ? À l'extrémité du pont, côté nord, une stèle de pierre dressée au-dessus d'un soldat de béton monte la garde. Le centre de l'obélisque est orné d'un profil d'Hô Chi Minh et propose cette inscription en vietnamien, gravée au burin dans du granit rose : « Le Vietnam est un. Les rivières peuvent être asséchées, les montagnes aplanies, on ne changera rien à cette vérité. »

Cette phrase de l'oncle Hô et ce monument sans grâce attireraient-ils, à eux seuls, toutes les curiosités ? Il n'est écrit nulle part que ce pont-là fut, pendant vingt et un ans, l'un des plus extraordinaires « nœuds » stratégiques et militaires

*Rivière Ben Haï…*

*… que de morts pour ce pont !*

de tous les temps. Il se dresse dans une campagne plus durement bombardée qu'aucune autre dans le monde. Ces étendues vagues, de chaque côté de la rivière, cette pampa herbue où errent pesamment quelques buffles, reçurent l'équivalent d'une tonne de bombes à la minute *pendant trois ans*. Quant aux bosses et aux creux de terrain, qui grêlent aujourd'hui le paysage comme une vérole tenace, ils témoignent, vingt ans après, de l'extravagance du pilonnage.

C'est ici le point de plus forte douleur du Vietnam, le lieu géométrique du délire.

Le fleuve s'appelle Ben Haï. Son tracé coïncide avec celui du 17e parallèle. C'est lui qui fut choisi comme frontière lorsque, après les accords de Genève de 1954, le Vietnam fut partagé en deux moitiés : communiste au nord, libérale et « bourgeoise » au sud. C'est le long de cette rivière que fut délimitée la fameuse DMZ (zone démilitarisée) doublée, en 1967, d'un système de défense que l'Amérique, dans sa dévotion technologique, croyait infranchissable : la ligne McNamara ; un enchevêtrement de mines, bunkers, pièges divers, capteurs sophistiqués et systèmes d'écoute électroniques. Verrou formidable et vain, posé à la jointure des deux Vietnam. Un cadenas militaire qui n'empêcha rien. Au fil des années de guerre, des milliers de camions, voitures, vélos ou charrettes franchirent nuitamment le fleuve Ben Haï. En avril 1972, ce furent même plusieurs escadrons de chars T-54 qui, passant la rivière à l'ouest du pont, se jetèrent vers le sud, vers Quang Tri et Huê. D'ici partait également l'un des tronçons de la piste Hô Chi Minh. Concentration formidable de feu et de ruses, d'acier en fusion et de cavales insensées... Les noms de code donnés par les communistes à ces lieux improbables parlent d'eux-mêmes: Terre de feu, Poche à bombes, Triangle de fer... Dans cette seule région, située de part et d'autre du Ben Haï, il y eut cent trente-cinq mille tués et cent quatre-vingt mille mutilés. Au cours des vingt dernières années, dix-sept millions d'engins non explosés ont été déterrés ici. Mornes chiffres...

On s'est assis sur la rive nord. Comment pourrais-je décrire, à cet endroit précis du voyage, à égale distance entre Saigon et Hanoi, notre stupeur rétrospective? Raymond dit: «On aura mis vingt ans pour passer la rivière.»

Vingt et un ans pour être exact. En avril 1971, comme beaucoup de journalistes, je m'étais approché de la rive sud du Ben Haï. Un bunker de l'ARVN – le «poste 46» – était enfoui sous les sacs de sable, hérissé de canons et de mitrailleuses. Ultime poste avancé de la République du Vietnam sous protection américaine. Je me souviens. À la jumelle, on regardait avec un peu d'effroi le drapeau rouge du

Nord-Vietnam flottant, là-bas, sur le poste ennemi, de l'autre côté de la rivière. Lorsque j'étais venu, un « incident » (c'est comme cela que l'on parlait) venait de se produire.

À proximité du poste 46 s'étendait un entrelacs gluant de baraques en tôle ondulée, de pouilleries et de hardes : le village-bidonville de Quang Ngang ou bivouaquaient dix-neuf mille réfugiés chassés de la zone démilitarisée. Certains venaient des montagnes proches de Khe Sanh qu'ils appelaient, avec une nostalgie gouailleuse « le paradis ». Étrange bidonville, agglutinement absurde au cœur même de la guerre. Durant cette semaine d'avril 1971, le Vietcong venait d'y faire une incursion punitive. Deux cents maquisards communistes armés de fusils AK-47 et de lance-roquettes B-40 avaient, à la barbe des soldats de l'ARVN retranchés dans leur bunker, fouillé les maisons et exécuté sans autre forme de procès trois cadres compromis avec le régime sudiste : un chef de village, un fonctionnaire et un garde civil. Puis, ils avaient choisi trois motos Honda et les avaient fait sauter avec des pains de plastic en signe de condamnation du « capitalisme bourgeois ».

Je me souviens de ces Honda pulvérisées au milieu du village. Que flambe le capitalisme ! Que périssent ces hochets petit-bourgeois ! Les Honda 70 étaient du même modèle que celles qui envahissent aujourd'hui le Vietnam socialiste ;

les mêmes que celle de l'homme au T-shirt jaune, près de la barrière de bambou.

Raymond ne parle plus. L'homme au T-shirt ouvre et ferme sa barrière d'un air las. La petite marchande sourit encore dans le soleil. De vieux autobus à l'air penché passent sur le pont. Les passagers nous font des signes. Au loin, j'aperçois un cycliste plus pressé que les autres. Il pédale furieusement, tête penchée sur le guidon. Apparition singulière venue du fond de l'horizon, course forcenée qui tire l'œil dans la lenteur ambiante. Le cycliste s'approche. Sa bicyclette est un modèle inconnu au Vietnam, un VTT à dérailleur et pédalier profilé. Bientôt, l'homme est près de nous. Il s'arrête.

C'est un Américain.

Il sourit de notre stupéfaction. Christophe Schneider a vingt-trois ans. Il est mécanicien à Olympia, dans l'État de Washington. Que fait-il ici ? Il a choisi, pour ses vacances, de « faire » Saigon-Hanoi à vélo. Des étapes de soixante kilomètres et des bivouacs chez l'habitant. A-t-il eu des problèmes ? Il éclate de rire. « Je n'ai jamais été aussi bien accueilli de ma vie. Chouchouté même… »

Le temps a passé sur le fleuve Ben Haï.

À cent mètres du pont, un panneau de bois affiche une inscription en jaune sur fond rouge, que la pluie et le soleil effacent : *« Chù nghiá xá hôi nhât dinh thâng.* » Traduction : « Le communisme doit vaincre. » C'est à peine si on lit encore.

# Le dragon chinois

À Huê, cité impériale du centre-Vietnam, les choses sont plus immobiles. Ici le temps se compte en siècles ; le vrai pouvoir demeure aux mains des bonzes, et la citadelle des empereurs d'Annam, malgré ses remparts ébréchés et ses pagodons fragiles, résiste aux injures du temps comme elle résista aux furies de la guerre. Nous louons des vélos pour pédaler – longtemps – dans cette somnolence provinciale qui sent le frangipanier et le jasmin. Nous nous mêlons à des groupes venus d'Hanoi pour déambuler le long des bassins moquettés de nénuphars, escalader les gradins de la Cité pourpre, rôder près du marché central et des quais de la rivière des Parfums où s'amarrent les sampans au pont recouvert de nattes en demi-lune qui abritaient naguère des filles de joie aux ongles nets.

Douceur songeuse, pelotons de bicyclettes croisant sous les ombrages de la rive sud, jeunes lycéennes rieuses assises en amazone… Dans les kiosques à livres qui bordent la rivière, les dictionnaires anglais et les manuels d'informatique n'ont pas encore chassé ces minuscules recueils de poésie reliés à la main qui parlent de « bien-aimée » et de « dernier printemps ». Ici, je ne songe même plus à convoquer mes souvenirs pour mesurer les changements. Il n'y en a pas. Je pose ma valise au Huong Giang Hôtel comme si j'étais parti la veille. Sous ma fenêtre, le bassin que décore une palette de béton n'a pas bougé d'un millimètre. Dans l'ample courbe de la rivière des Parfums naviguent les mêmes jonques à la poupe rehaussée, d'identiques barques glissant au ras de l'eau. La silhouette du marché couvert en béton armé, qui se voulait moderne il y a vingt ans, avec ses toits aux pans relevés et ses clins d'œil gothiques, n'a pas si mal vieilli. Il me semble que les odeurs elles-mêmes sont celles que ma mémoire a conservées : un mélange d'épices et de sucre, de poivre et de miel, de fleurs et d'urine.

Sur la terrasse du Huong Giang, portes battantes sur la rivière, je m'étonne presque de ne plus apercevoir le treillis camouflé d'un de ces conseillers américains au poil ras ou, jonchant le carrelage en vrac, les sacs des envoyés spéciaux ébouriffés qui bivouaquaient ici chaque fois que la ville se vidait de ses habitants fuyant l'avance communiste. Derrière le bar, les serveuses ont les mêmes apartés et les mêmes fous rires qu'il y a vingt ans.

*Huê, capitale impériale…*

*… vieilles demeures et grands jardins…*

Nous pédalons à n'en plus finir, sans but précis, au hasard du plaisir, escortés par des sourires et des chuchotements. Nous nous attardons avec des étudiants qui s'interrogent sur l'Occident en bafouillant un peu. Nous buvons du thé avec M^lle^ Vy, ravissante et timide professeur de vingt-cinq ans, qui enseigne le français à l'université, épluche dix fois de suite de vieux magazines venus de Paris. Avec elle, qui hésite et rougit en posant sa main sur sa bouche comme pour réprimer une audace qu'elle n'a pas eue, c'est un autre Vietnam qui se laisse entrevoir. Celui de Huê, justement : traditionaliste et lettré, curieux du dehors mais répugnant à se compromettre, attentif aux nuances et rétif aux tumultes du moment. M^lle^ Vy, dont la famille est intellectuelle et bourgeoise, n'en revient pas d'avoir accepté cette tasse de thé avec nous, sous les flamboyants d'une terrasse. Dehors ! Triple transgression : boire en public, avec des hommes, étrangers de surcroît ! Avant de venir, elle a hésité tout un soir. Nous la devinons, maintenant, bouleversée par la situation ; à la fois anxieuse d'y mettre fin mais grisée par l'aubaine d'une rencontre avec le monde extérieur. Sa confusion, sa manière de remuer sur sa chaise disent assez l'effort qu'elle s'impose. Elle secoue ses cheveux, s'éponge le front et en perd son français. Elle répète : « Je vous dérange. Je

*... à la gare, nous croisons deux touristes*
*américains à moto.*

vous ennuie. Je ne suis pas capable de répondre à vos questions. » Il ne s'agit pas seulement de coquetterie. Faut-il qu'elle soit impérieuse, dans le Vietnam de 1992, cette furia d'ouverture, pour faire asseoir M^lle^ Vy elle-même à la terrasse d'un café public de Huê !

Ce Vietnam de la rivière des Parfums, n'est ni celui, affairé et cynique, de Saigon, ni celui, lugubre, de Da Nang, ni celui des rizières, éternel et têtu, ni celui, plus austère, du Nord. Huê, aujourd'hui comme hier, incarne une nonchalance sûre d'elle-même, un orgueil pacifique campé sur ce passé impérial que rameute la moindre conversation. Cette harmonie sans fêlure nous surprend. Comment a-t-elle résisté ? Comment a-t-elle survécu ? Comment fut-elle transmise au milieu des trente années d'orages ? À la différence de Dalat, qui est une création coloniale, Huê ne fut pas épargnée par la guerre. En 1968, au moment du Têt et de l' « offensive générale », la ville fut prise et martyrisée, sa citadelle reconquise mètre par mètre par les Marines américains et les Rangers sudistes. C'est encore ici qu'eut lieu la plus sanglante « épuration révolutionnaire » imputable aux communistes : plusieurs milliers d'exécutions sélectives qui précipitèrent la presse mondiale dans d'infinies querelles. (Était-ce un mensonge de la CIA ou un « fait » avéré ? Vieux débat d'époque...) Il y eut aussi les exodes recommencés, les paniques et les soldats sudistes en déroute qui (en 1972) hantaient méchamment la ville. Il y eut enfin, comme ailleurs, le long *imperium* du matérialisme prolétarien, avec ses comités et ses commissaires, ses soupçons et ses utopies sans appel.

Or Huê, en dépit de tout, n'a pas changé. Cache-t-elle ses blessures ? Dissimule-t-elle au-dedans d'elle-même ses anciennes frayeurs ? A-t-elle su les conjurer en se tenant dans le « temps long », celui qui perdure, celui qui, immanquablement, revient. D'instinct, nous obéissons à ce climat. Nous naviguons dans la ville à pas légers. Nous cédons à des prudences subreptices. Comment dire ? À Huê, cette fois, nous voudrions surtout ne rien déranger.

Peine perdue. Le dérangement vient malgré tout. Inattendu et symbolique. Ce qui est pire. Nous sommes au Huang Giang Hôtel, Mme D., Raymond et moi, lorsqu'un groupe descendu d'un car envahit le *lobby* à grand bruit. Le personnel s'empresse, les bagages s'entassent devant le comptoir, une interprète s'affaire, badge à la poitrine et bouquet de clés à la main. Les visiteurs sont des Chinois de Taiwan en voyage de groupe. Mme D. fait une moue imperceptible que j'impute d'abord à l'antagonisme séculaire entre le Vietnam et la Chine. Il est vrai que ces Chinois-là sont ventripotents et d'allure maussade. Ils affichent le dédain des porteurs de devises, s'interpellent sous les plafonds du Huong Giang qu'ils ont en quelques secondes colonisé, agitent leurs caméscopes et leurs 24 × 36 avec une avidité conquérante d'assez mauvais aloi.

Surprise : l'installation de chacun dans sa chambre ne met pas fin à cette agitation intempestive. Bientôt des caisses sont déchargées, des Chinois redescendent des étages bizarrement costumés, enveloppés dans des toges de crépon, coiffés de couvre-chefs en carton bouilli. Puis arrivent des Vietnamiennes qu'on devine dûment convoquées, des prostituées aux joues peintes et plus court-vêtues encore qu'il n'est d'usage dans les *Ông Bar* (mini-maisons closes).

Ces tonitruants préparatifs ont secoué en un clin d'œil la torpeur de l'hôtel. De quoi sont-ils le prélude ? On s'interroge, mais pas longtemps. Au-dehors, autour de l'embarcadère qui s'avance sur la rivière des Parfums, d'autres affairements ont lieu. Une jonque à moteur a été enguirlandée de fleurs en papier, parée de lumières électriques. Sur le pont, on a dressé des tables et – déjà – disposé des victuailles, de l'alcool. La jonque a été louée, nous dit-on, par ces Chinois de Taipei pour « faire la fête » sur la rivière. Ils repartiront demain.

En observant ceux d'entre eux qui apparaissent dans l'escalier, entièrement costumés,

M^me^ D. a déjà compris de quelle fête il s'agissait : un pastiche rigolard et orgiaque des cérémonies impériales de la cour de Huê. Les Chinois sont grimés en empereurs ou en dignitaires de l'Annam et lutinent sans façon leurs favorites. Rires gras, flashes des photos, caméscopes en batterie : la fête commence aussitôt, deux heures à peine après l'arrivée du groupe. La célérité des *tour operators* taiwanais n'est pas en reste sur la promptitude des agences japonaises qui, chez nous, proposent « l'Europe en quatre jours »…

M^me^ D., en Vietnamienne patriote, ne dissimule plus du tout sa fureur. Elle se dit « humiliée ». Voici la mémoire de Huê lourdement parodiée, les souvenirs de la cour travestis en bringue de caserne. Bientôt, dans les rires et les flonflons, la fausse jonque impériale appareille sur la rivière des Parfums. À bien regarder, il ne fait pas de doute que le personnel de l'hôtel, si empressé quelques minutes auparavant, affiche un dégoût aussi désolé qu'impuissant.

Nous dînons, ce soir-là, sur la terrasse du Huong Giang tandis qu'à nos pieds la fausse jonque des Chinois divague bruyamment d'une rive à l'autre. Très tard dans la nuit, la fête se poursuit encore. À l'aube, j'aperçois deux prostituées démaquillées quittant l'hôtel en titubant. Au petit déjeuner, nous assistons enfin à la projection de cette fête nocturne, longuement filmée au caméscope et rediffusée, en quelque sorte, à des Chinois hilares qu'une fatigue comateuse cloue sur leurs chaises.

À dix heures, les chambres sont rendues, les bagages répertoriés, l'autobus chargé. Le dragon chinois, ce gros voisin du Vietnam à l'appétit dévastateur, repart comme il était venu.

Sur la ville de Huê, on dirait que retombe une douceur inquiète. Et provisoire. L'extrême Asie qui encercle le Vietnam ne prendra jamais de gants avec ce pays en solde.

# Arrêt sur image

Raymond ne mitraille personne. Il se pose, massif et lent, devant les Vietnamiens et braque sur eux sa « boîte » grand format qui ressemble à celle des photographes d'autrefois. Ce geste interrompt les mouvements, fige les sourires et suspend les gestes. Trop, quelquefois... Alors, Raymond baisse l'objectif et garde son appareil à bout de bras, sans bouger. Il sourit aux gens, comme s'il s'agissait de les rassurer, d'obtenir un consentement silencieux. Ce face-à-face peut durer de longues minutes et n'aboutit pas toujours. Raymond s'éloigne alors sans avoir pris de photo. Quelque chose ne s'est pas produit ; une rencontre n'a pas eu lieu.

Volontairement, Raymond se tient à distance. À chacun sa démarche. La sienne répugne à l'agression, à la familiarité immédiate, à l'intrusion. Quitte à manquer cette *cible* qu'évoquent d'autres photographes lorsqu'ils parlent de *shooter*. Il s'en explique avec un geste de la main droite, paume ouverte, qu'il agite devant lui comme s'il effaçait la buée sur une vitre. Il veut donner à voir, ouvrir le champ d'assez loin, renoncer aux cadrages trop composés, les « Fragonard », comme il dit. Y a-t-il de la timidité dans ce choix ou seulement une disposition au respect ? Je ne sais pas. Mais j'aime ce parti pris d'austérité qui caresse la vie des gens sans déranger son cours.

Il arrive qu'à l'étape nous nous séparions. Quand je m'assois sur un trottoir pour parler à un Vietnamien de rencontre, Raymond part naviguer au hasard des rues. De loin, je le vois s'arrêter ici et là, hésiter longuement, scruter autour de lui. J'ai l'impression qu'il essaie, lui aussi, d'éliminer les clichés, ces « points de vue » évidents, ces angles convenus, ces joliesses tentantes qui sont à la photo ce que les redites ou les redondances sont à l'écriture : des insignifiances...

Mais le hasard peut tricher à sa place. Quand il appuie sur le déclencheur de son appareil, Raymond saisit quelquefois un moment de stupeur, une gravité fugace qui s'est posée sur les gens comme une ombre. Aussitôt après le déclic, un large sourire éclaire les visages, comme un soulagement. Trop tard, la photo est prise... Je pense souvent à tous ces sourires qui nous escortent mais que les photos ne montreront pas. Nous en parlons. Je redoute que l'appareil de Raymond ne restitue un Vietnam plus triste qu'il n'est. Où est la vérité d'un voyage ? Comment pourrions-nous ne pas mentir un peu ? Où est la vraie mesure entre ce dénuement général, cette tristesse avare du décor et cette joie cavaleuse qui, malgré tout, fuse autour de nous ? Comment ferons-nous pour restituer au mieux cette cohabitation des contraires ?

Les nouveaux « guides » du Vietnam ou les dépliants que nous feuilletons nous amusent. Ces chromos aux couleurs vives, ces marchés bariolés, ces foules ingénues et ces rizières vert sombre que rehausse un arc-en-ciel sur fond de montagne, sont des compositions bienveillantes et menteuses. Elles désignent un pays idéal et endimanché que nous n'avons jamais rencontré. Elles sont aussi vaines que ces revues américaines qui alignent les châteaux de la Loire et les marchés auvergnats dans une confiture en Technicolor. Doulce France revue par Hollywood... Il n'empêche qu'à propos du Vietnam, ce bonheur ébahi, cette harmonie de couleurs ne sont pas *totalement* inventés. Nous les retrouvons, à l'état de traces, de connotations, d'exceptions sur notre chemin. Affaire de dosage. Raymond a les mêmes problèmes que moi.

Quand il demeure immobile, son appareil à la main, je devine qu'il guette, pour s'en saisir, un « instant » particulier dans le mouvement général des choses et des gens. Le moment qui correspondra à la plus juste proportion d'éléments différents. Le moment vrai, en somme ; celui qui n'existe pas mais demeure le nord magnétique du voyageur. Nous courons, en somme, derrière la même chimère ; nous nous acharnons à restituer une réalité qui se dissipe à mesure. Ces affaires de regard sont le vrai défi du voyage, la seule incertitude qui vaille. À l'hôtel, le soir, nous prenons le temps qu'il faut pour en débattre.

Raymond, par exemple, est formel : la séduction des femmes vietnamiennes, cette magie fameuse qui ensorcelait jadis les lieutenants de Cao Bang ou les envoyés spéciaux de l'hôtel Continental, est impossible à photographier. Dans les parcs de Hanoi, nous nous attardons devant les panneaux des photographes ambulants ; ces vitrines de contreplaqué où sont affichés leurs meilleurs clichés. On y voit des élégantes prenant la pose sur des Honda, des jeunes mariées en tunique du dimanche, des copines qui sourient ensemble devant un lac. Sur ces photos, nous ne retrouvons rien de cette beauté magnétique qui est celle des paysannes, des serveuses de restaurant, des marchandes de trottoirs. On dirait que la gélatine du film n'a pas enregistré cette grâce légère, cet érotisme insaisissable. Les photos ne montrent que de bonnes filles assez niaises, trop maquillées, les bras le long du corps. Or, ce sont bien les mêmes…

Le phénomène est identique sur les photos

de « stars » qui ornent les disques ou les cassettes de musique vietnamienne. Ces chanteuses savamment alanguies, ces femmes offertes sont souvent belles mais jamais troublantes. Pourquoi ? Raymond suggère que c'est affaire de mouvements. Les Vietnamiennes que nous croisons éparpillent autour d'elles comme un scintillement de gestes : la position d'une main, la flexion d'une nuque, cette levée du bras pour retenir un pan de l'*ao daï*, la finesse d'une taille à peine suggérée sous la transparence d'une tunique. Un cliché pourrait-il rendre tout cela ?

Raymond confesse son impuissance de photographe. Cette grâce omniprésente, principale, qui nous entoure depuis Saigon – celle des femmes – n'est pas une *information* facile à recopier. Il me semble que même un film n'en rendrait pas compte. C'est un mirage qui ne peut être aperçu qu'en étant sur place. Sans doute est-ce pour cela qu'on tenait, en France, pour un léger dérangement de l'esprit l'éblouissement rêveur des soldats ou des colons revenant de « l'Indo ».

Raymond dit : « Il faudra que tu parles de ça dans ton texte. »

Ce n'est pas si simple. Les mots, parfois, ne sont pas plus fidèles qu'une photo. Il me revient, d'ailleurs, qu'en trente années de guerre et de reportages on n'a guère parlé – ou mal – de la femme vietnamienne. Et nous tenions pour un secret trop difficile à partager le fait que leur image était partout. Dans les bars à soldats comme dans les maquis, dans le vague à l'âme des GI's et dans les carnets de route qu'on trouvait sur les cadavres de *bo doï*, dans les rizières et sur les trottoirs. Le Vietnam officiellement communiste d'aujourd'hui n'est pas en reste. La femme y tient toujours la première place : vendeuses, ouvrières réparant les routes, femmes-cheminots en salopette, gamines infatigables dans leur petit commerce, mais aussi patronnes d'hôtel, femmes d'affaires, intermédiaires ou interprètes, grand-mères intraitables... Toutes distribuent autour d'elles, comme par inadvertance, la même séduction enjouée qui est consubstantielle à celle du Vietnam.

J'ignore si ce règne est le revers d'une oppression sociale ou politique. Des féministes occidentales l'ont écrit. Des romancières vietnamiennes ont affirmé le contraire. Nos photos et nos mots pourraient-ils suffire à dissiper ces sortes de mystères ?

*Hanoi, comment photographier*
*le charme des Vietnamiennes ?*

# Les rubis de Nghê Tinh

À Huê, un autre train nous emmène vers le nord. C'est bientôt la nuit. Il y a des corps endormis dans les couloirs, des «femmes-contrôleurs» en uniforme qui passent et repassent, des cadres du parti somnolant assis, cartable sur les genoux. Dans les gares, pourtant, le train tout entier se réveille en un clin d'œil. Des enfants descendent prestement sur le quai l'espace d'une halte. Des conciliabules ont lieu au pied des wagons, d'obscures négociations à propos de places en surnombre. Des liasses de dongs changent de mains.

Nous avons dépassé Quang Tri, ville martyre à la citadelle rasée par les quatre-vingt-six jours de combats du printemps 1972; puis Dông Hâ et le fleuve Ben Haï. Vers dix heures du soir, nous sommes dans l'ancien «Nord-Vietnam». M$^{me}$ D., que la perspective d'aller «au nord» effrayait tant, se redresse sur sa couchette pour observer ces gares obscures qui s'animent à notre arrivée. S'attend-elle à voir surgir des commissaires politiques ou des «bandits»?

Seules des odeurs de poisson grillé accourent vers le wagon.

À mesure que nous « montons » cependant, les petites commerçantes, les vendeurs à la sauvette se font plus rares. Les quais sont plus clairsemés, les foules plus lentes. Une raideur indéfinissable est perceptible autour de nous, qui tranche sur la joyeuse anarchie sudiste. Cette montée vers Hanoi suit un dégradé régulier : du tumulte confus à l'ordre relatif, de l'exubérance à la réserve, de l'indiscipline à l'obéissance consentie. Le vieil axe sud-nord du Vietnam… Dans le train, le personnel (nordiste) de la société du Chemin de fer se détend peu à peu en réintégrant géographiquement et mentalement son territoire.

Nous avons hâte d'arriver en gare de Vinh, dans la province de Nghê Tinh, pays natal d'Hô Chi Minh. Depuis Saigon, une rumeur nous prévient contre cette province et cette ville, qui fut rasée par les bombardements américains et reconstruite avec l'aide soviétique selon les canons de l'architecture prolétarienne : quadrilatères d'immeubles en béton, esplanades géométriques… « *Moscovinh* », disent les Vietnamiens avec une grimace. « Surtout ne descendez pas dans cette gare ! Elle grouille de voleurs et de meurtriers. » Il est vrai que le Nghê Tinh, aux collines arides, est la province la plus pauvre du Vietnam. C'est donc là que le *doï moï* (rénovation) et l'ouverture au capitalisme ont généré le plus grand nombre de chômeurs et de mendiants.

Mais la rumeur ne s'en tient pas là. Dans tout pays ruiné, au tréfonds des plus grandes pauvretés, jaillissent des espoirs fulgurants qui incendient les imaginations et mettent des peuples entiers en mouvement. Ruées vers l'or et les pépites, Eldorado promis au bout du chemin, prophètes incandescents du Nordeste brésilien ou formidables secrets répercutés dans les cordillères du Pérou. Véritables ou rêvées, ces promesses sont à la mesure des désespoirs qui les font naître.

Or, le Vietnam s'échauffe depuis deux ans en parlant de Vinh la laide, Vinh l'ingrate, Vinh l'effrayante... On chuchote des confidences « puisées à bonne source », on apporte des précisions « absolument certaines », on discourt jusque dans l'arrière-salle du Café Givral à Saigon. L'histoire est exemplaire. La voici.

En 1989, dans les montagnes proches de Vinh, deux géologues vietnamiens travaillant pour le compte du gouvernement cherchaient des traces de minerais de zinc ou d'uranium. Le Vietnam demeure potentiellement riche de matières premières d'autant plus inexploitées que des régions entières du pays furent soustraites, pendant plusieurs décennies de guerre, à toute prospection sérieuse. Réel ou exagéré, ce magot virtuel – qui attise la convoitise des sociétés japonaises ou occidentales – est l'une des grandes espérances du Vietnam de l'« ouverture ». Mais à Vinh, cette année-là, les deux géologues du gouvernement piochant dans de lointaines collines trouvèrent ce qu'ils ne cherchaient pas : des rubis, et de bonne taille.

Conscients de l'énormité de l'affaire, ils dissimulèrent, dit-on, leur découverte en attendant d'en rendre compte à l'administration. Mais ils furent aperçus ou entendus, on ne sait trop comment, par des habitants. La rumeur foudroyante se répandit en quelques jours à Vinh et dans la province de Nghê Tinh. Un espoir, une agitation s'emparèrent de la population, enflammant principalement les laissés-pour-compte, traîne-savates, gueux et aventuriers prêts à tout. Une ruée s'ensuivit que rien ne put endiguer, une course indistincte qu'aucune interdiction officielle ne parvint à discipliner. Armées de pelles et de pioches, des foules d'hommes, de femmes et d'enfants se précipitèrent dans les montagnes. Comme en Californie ou au Klondike au siècle dernier, des histoires circulèrent aussitôt, enjolivées de proche en proche. Untel avait trouvé pour 500 000 dollars de pierres, tel autre avait atteint le million... Chiffres fous, délires arithmétiques dans ce pays où le salaire minimum des ouvriers travaillant pour des entreprises occidentales est inférieur à 40 dollars par mois. La

« fièvre des rubis » gagna petit à petit, vidant les usines et les écoles, chamboulant le cours des choses.

Des trafiquants thaïs avertis de l'aubaine accoururent de Bangkok pour acheter les pierres. À bas prix, on s'en doute… Un commerce clandestin s'organisa, d'autant plus aisément que la corruption du parti, de l'administration et de l'armée est devenue la règle au Vietnam au point que la presse officielle en fait son cheval de bataille. On parla de filières d'exportation montées par des cadres communistes et des responsables d'Air Vietnam.

Si j'en crois le récit d'un jeune géologue rencontré à Saigon, les choses prirent une tournure plus inquiétante encore. Une anarchie meurtrière s'installa bientôt dans la province, avec ses rackets, ses règlements de compte entre chercheurs de rubis et intermédiaires, ses accidents mortels ensevelissant des prospecteurs inexpérimentés dans des galeries creusées à la hâte… Chacun s'arma comme il put. Des « gardes du corps », on passa aux bandes armées, voire aux milices privées escortant les prospecteurs. La rumeur, comme il se doit, multiplie les « précisions » à ce sujet. Il faut compter, assure-t-elle, une cinquantaine d'hommes munis de fusils d'assaut pour protéger un seul prospecteur. Quant à la police et à l'armée, elles ont renoncé à intervenir selon les uns, échoué à rétablir l'ordre selon les autres.

Qu'y a-t-il de vrai dans ce récit colporté du nord au sud, de Saigon aux villages reculés des hauts plateaux? La presse vietnamienne évoque parfois, mais d'une manière elliptique et édulcorée, la « situation à Vinh ». En privé, on parle d'« exagération ». Difficile de savoir. Mais les éléments du fantasme traduisent un désir assez clair, et la chronologie coïncide trop précisément avec l'ouverture au monde du Vietnam pour être imputable au hasard. Grâce aux rubis de Vinh, le pays se projette dans un avenir fabuleux; il désigne à l'envie générale des « aventuriers » audacieux et sans scrupules; il met en scène la corruption du régime et la cupidité des pays voisins; il brode enfin sur une confusion sociale redoutée, une fascinante et mortelle anarchie qui surgit – est-ce un hasard? – dans l'héroïque province natale d'Hô Chi Minh. Lorsqu'elle nous parle des rubis et des « meurtriers » qui hantent la gare de Vinh, M^me^ D., enfin, n'est pas fâchée de rappeler qu'il s'agit de « nordistes ».

Vrai ou faux, le message est clairement lisible.

Minuit est passé. Le train cahote sur l'unique voie aux ballasts irréguliers. Cette moitié du *Thong Nhat* située dans ce qui était le Nord-Vietnam a bien plus souffert de la guerre et des bombardements que le tronçon sud. Les rafistolages n'ont pas suffi à effacer cette différence. Il est bien rare cette nuit-là que nous dépassions les quarante-cinq kilomètres à l'heure.

À minuit et demi, nous entrons dans Vinh…

M$^{me}$ D. renonce à quitter sa couchette et Raymond s'est endormi. Je saute sur le quai au milieu de paysannes et d'enfants titubants de sommeil. Il n'y a rien. Rien qu'une gare obscure, des groupes de voyageurs cherchant leur compartiment, des contrôleurs habillés de vert et une façade de béton sans lumière.

Sous la lune, au loin, c'est à peine si l'on devine la silhouette des montagnes où dorment de fabuleux rubis.

# Douceurs de Hanoi…

Au petit matin, nous atteignons Hanoi. L'aube est tiède. Des bicyclettes avancent, de front, sur des avenues bordées d'arbres. La rumeur de cette capitale ne ressemble à rien d'autre : un lent glissement plutôt qu'un vacarme, un murmure doux au lieu d'une pétarade. Nous sommes, avec d'innombrables passagers « nordistes », accoudés aux fenêtres d'un train fourbu qui rentre chez lui.

Saigonaise, Mme D. découvre la ville avec nous. Elle dissimule mal son anxiété. Pour une « sudiste », la capitale du Vietnam demeure envers et contre tout « la source du communisme », le repaire des envahisseurs, la patrie de ces *bac ky* (nordistes) conquérants dont les gens du Sud sentent encore le joug sur leur nuque. Policiers venus de Vinh ou d'Haiphong, cadres et militaires du Nord, fonctionnaires pinailleurs ou geôliers sadiques, un sentiment demeure vif à Saigon : celui d'être occupé par ces « BK » (abréviation péjorative et jeu de mots sur un « virus ») doctrinaires et frustes. Dans l'esprit de

M$^{me}$ D., Hanoi figure probablement une cité spartiate aux habitants moroses et aux femmes sans coquetterie. Quelque chose comme Pékin ou Tirana au milieu des années soixante.

Dès notre descente du train, elle cherche donc ce que ses yeux *s'attendent* à voir : un colloque de cyclistes en tuniques sombres obéissant aux cadencements policiers, des casques de *bo doï* dans les rues et des magasins d'État aux étals navrants.

M$^{me}$ D. tombe de haut.

Nous aussi.

Éberlués, le mot est assez juste pour qualifier nos premiers pas dans ce nouvel Hanoi du printemps 1992. En moins d'un an, la capitale du Vietnam a entamé, elle aussi, une mue d'autant plus surprenante qu'elle rompt ici avec trente-huit années – et non dix-sept – de stalinisme. Je songe à la réflexion d'un diplomate rencontré à Huê : « Les différences entre les deux Vietnam s'estompent, vous verrez. Mais c'est le Nord qui fait tout le chemin. » Austère, cette ville ? Ah, non ! C'est une grâce alanguie qui nous accueille, une fraîcheur intacte qui s'essaie à la liberté. Et peut-être au plaisir. Faut-il, à nouveau, compter les Honda, les Simson ou les Babetta (motos est-allemandes) dans les rues ? Photographier les élégantes trop maquillées dans les allées du parc Hoàn Kiêm ? Énumérer ce fourmillement de boutiques privées, d'étalages,

*Les escaliers de l'hôtel Hoa Binh.*

*Je découvre les rues de Hanoi pour la première fois…*

*… j'ai envie de marcher des heures dans cette ville…*

*… dans les vieux quartiers…*

*… au centre-ville, dans les rues françaises…*

*… près des lacs…*

*… le soir… au frais avec la foule…*

*… dans le parc Lénine avec les enfants…*

*… il y a des lieux où le temps semble s'être arrêté…*

*… la guerre est encore présente…*

*… mais les enfants ne s'en soucient guère.*

de terrasses où l'on joue au *mah jong* et au *tô tom* ; fourmillement qui, chaque jour davantage, rivalise avec celui de Saigon ? Parler des couleurs qui chatoient désormais sur les avenues ? De l'effronterie des marchandes de litchis qui commentent à voix haute le *look* de l'étranger ? Raconter tout ce que l'on vous propose – mais à voix basse cette fois – sur ces trottoirs du centre qui prennent, vers le soir, des allures de frairies ?

D'où vient l'argent ? Pas de *Vietkieus*, ici, mais des « camarades » revenus de l'Est qui ont joué, dans ce changement précipité, un rôle comparable à celui des anciens *boat people* au Sud. Dans l'ex-URSS et dans les pays de l'Est, en effet, un bon million de travailleurs nord-vietnamiens « prêtés » aux pays frères se sont initiés à la débrouille, au marché noir et à la vie parallèle. Là-bas, à Gdynia ou à Leipzig, ils ont appris les limites de la discipline prolétarienne et même l'anticommunisme sans complexe avant d'être persécutés par les *skinheads* hallucinés de la nouvelle Allemagne. De là-bas, ils ont envoyé mandats et marchandises. C'est ce maigre « capital » accumulé qui, sous forme de motos, de boutiques et de marchandises, est subitement apparu dans les rues de Hanoi dès lors que la « rénovation » l'y autorisait. Ainsi ces mandats arrivés des pays de l'Est ont-ils favorisé la première « ouverture » au capitalisme et le premier pas de Hanoi vers… Saigon.

Mais ici, l'alchimie du changement opère dans ce qui est resté – par l'effet de la guerre et de l'isolement communiste – l'une des villes les plus troublantes du monde. Un périmètre où le temps s'attarde ; une cité nonchalante des années trente, comme une photo sépia que vient animer le *doï moï* (rénovation). Nous y faisons nos premiers pas dans un état de *sidération* qu'il n'est pas si facile d'analyser. Les changements supposés – cette efflorescence de commerces et d'objets – nous stupéfient tout autant que cette permanence d'un décor qu'on dirait figé depuis trois quarts de siècle. Hanoi, décennie après décennie, est devenue, comme à son insu, une ville-musée de l'architecture coloniale, une Venise miraculée de l'Empire français, le somptueux conservatoire d'un siècle englouti.

Façades ocre à corniches et vérandas, immeubles aux escaliers monumentaux, perrons fleuris, parcs frais où de vieux messieurs rêveurs lisent Victor Hugo ou Anatole France, jeunes filles qui s'excusent de trimbaler, faute de mieux, un exemplaire de *Scarlet* en vietnamien (« Ah, excusez-moi, c'est de la sous-littérature ! »), lacs paisibles où les amoureux prennent la pose devant le photographe, vieille rue Paul-Bert et Opéra provincial où l'on s'attend à voir des officiers français avantageux et des élégantes en saharienne. On arpente cette splendeur verte et dorée, souffle retenu, comme des spéléologues découvrant une fresque que l'air du dehors effacera bientôt.

Je n'ai guère connu de moment plus bouleversant que cette entrée dans Hanoi dix-sept ans après la guerre, trois ans après l'agonie mondiale du communisme. Irruption hésitante dans l'intimité d'une belle endormie qui s'éveille, nostalgie imprécise qui vous assaille... Quand je dis « s'éveille », je parle évidemment de cette liberté toute nouvelle qui, plus spectaculairement encore qu'à Saigon, précipite les habitants d'Hanoi au-devant de l'étranger. Nulle crainte désormais, pas la moindre retenue dans ces « rencontres ». Le temps n'est plus où un responsable politique accompagnait le moindre universitaire ou technicien convié au restaurant par un Occidental, notait les horaires et les conversations. Ce flicage-là, au moins, a baissé les bras. Et le petit peuple de Hanoi, insensiblement, a repris la parole.

De loin, on subodorait des dévastations et des ruines. À tort. La ville a peu souffert des pilonnages de l'aviation américaine. Sauf le quartier de Khan Thien où un mémorial perpétue la mémoire des civils qui périrent dans les décombres. (Et le pont Paul-Doumer dont les incessants rafistolages sont encore repérables.) Partout ailleurs se déploie une élégance délicieusement surannée.

Hanoi est une fleur qui s'ouvre. Craintive encore. Pas vraiment assurée que cet étau stalinien qui se desserre ne se refermera pas demain. Une fleur fragile aussi qui se donne à l'étranger sans la roublardise – et la prudence – de Saigon. Hanoi figure ainsi, dans ce pays meurtri, une enclave plus harmonieuse. Un canton préservé, un terrain neuf... Certes, on y perçoit un reste de pesanteur communiste, cette sottise bureaucratique, amendée mais tenace, qui persécute encore – mécaniquement – les écrivains « dissidents » comme Duong Thu Huong, Pham Thi Hoâi ou Nguyên Huy Thiêp, messagers subtils d'un printemps annoncé mais qui tarde. Chaque jour qui passe, cependant, soulève un peu plus le couvercle. Dessous, fuse visiblement un appétit de vivre et d'apprendre, une gaieté permise, une disposition à l'échange...

Moins vénale que Saigon, moins acculturée et peut-être moins endolorie dans son âme, ce Hanoi que nous découvrons vit sous nos yeux comme une épiphanie, un fugitif moment de grâce suspendu entre deux histoires, deux défis. Hanoi nous sourit et baisse la garde.

La capitale de la guerre et de la révolution, la cité héroïque et dure arc-boutée sous les bombes, la métropole conquérante et brutale serait donc redevenue cela ? Cela ? Une paysanne aux joues lisses, fragile et gauche, qui s'avance maintenant vers la jungle improbable du « changement ». Cette jungle dont Saigon, à front renversé, lui dispute la loi.

Avec trente-huit années d'avance…

# V.I.P., night-club and Co…

La discothèque du Boss Hôtel est ouverte depuis le 15 avril 1992, rue Nguyên Du, sur les bords du lac Hô Thien Quang à Hanoi. C'est un night-club dans le nouveau vent de l'Histoire. On y danse des lambadas maladroites en visionnant des clips sur écran large. « Boîte » branchée aux vingt-cinq hôtesses habillées court, c'est également une *joint-venture* exemplaire. Présentée, avec un brin de complaisance, comme le symbole irréfutable du « changement », elle associe des *Vietkieus* résidant au-dehors à des apparatchiks du… ministère de l'Intérieur, c'est-à-dire à la police communiste, intéressée aux bénéfices.

L'entrée coûte 4 dollars, les consommations un peu moins. Devant la porte, des voitures diplomatiques mais aussi des Honda « locales » et quelques véhicules administratifs aux plaques vertes. Quant à l'immeuble du Boss Hôtel, qui abritait, jadis, les services de la

Sûreté française, il héberge désormais et *tout en même temps* la mission américaine des MIA (Missing in action) et le club V.I.P. de Hanoi où conciliabulent ceux qui « font des affaires ». L'ensemble est une « tête de pont » amarrée au centre de Hanoi. Irons-nous ?

On nous introduit avec cérémonie. Les vingt-cinq filles en minijupes et talons aiguilles ont – encore – la désarmante fraîcheur des commencements. La plupart étaient, avant-hier, des étudiantes en nattes de l'université ou des militantes des Jeunesses communistes. Elles s'essaient maintenant à de timides confidences, rougissent légèrement en engageant la conversation avec le « client ». Elles n'ont pas, même en s'appliquant, la dégaine « pro », ni la roublardise désenchantée des entraîneuses de Saigon. Sur la piste, elles se déhanchent avec un embarras sauvé par les fous rires, et jubilent d'un plaisir naïf dont on devine qu'il ne passera pas ce premier printemps.

L'une après l'autre, les filles s'approchent pour nous offrir leur bavardage. En français, avec des intonations scolaires et des gentillesses appliquées. Difficile de ne pas imaginer qu'à douze ou vingt mois de distance, les mêmes bouches menues articulaient des récitations marxistes-léninistes. Dans le tumulte assourdissant de la sono, Mme D. lève les yeux au ciel, elle s'indigne. Rien de tout cela ne lui paraît très gai. Elle voudrait que nous partions. Pourquoi ? Le choix délibéré – ou le renoncement – de ces vingt-cinq jeunes filles l'incline à de sombres commentaires sur cette fatalité « saigonaise » qui engloutira bientôt Hanoi et dont ce premier night-club nordiste est comme le ricanement annonciateur. Surprise de ne point avoir retrouvé, ici, la Sparte austère qu'elle redoutait, elle regrette néanmoins, *dans le même temps,* que Hanoi renonce déjà à je ne sais quel *quant-à-soi* plus digne et plus « vietnamien ». L'ambiguïté de cette réaction exprime assez bien l'attitude du Vietnam tout entier, à la fois séduit et apeuré par ce destin « à la thaïlandaise » que lui promettent les nouvelles logiques capitalistes.

Sudiste patriote, anticommuniste fervente, Mme D., au fond, n'eût pas été mécontente qu'Hanoi continue de camper stoïquement dans une « différence » qui, mine de rien, définissait un partage des rôles entre les deux capitales rivales. Elle est déçue – et choquée – par la promptitude de ce mouvement mimétique. Et carrément révoltée par l'enthousiasme ingénu de ces étudiantes-entraîneuses qui font, depuis moins d'un mois, l'apprentissage de la vénalité.

Pour l'instant, celles-ci se trémoussent sur la piste. Elles sont belles et elles rient de cette seule évidence.

Sur l'un des murs du night-club défilent les actualités mondiales interprétées par CNN. Un patchwork de fureurs et de cris, accompagné d'un commentaire « factuel » qui est couvert par la sono : désastre russe, famines africaines, conventions yankees, émeutes californiennes. Le tout additionné dans un clip en boucle aux couleurs très « Disneyworld ».

Sans doute la musique et la bière m'ont-elles égaré. Je suis pris d'un vague étourdissement. Car enfin, là, au centre d'Hanoi, voici l'irruption du « grand message informationnel américain », sur fond de disco et d'entraîneuses amateurs, sous le regard navré d'une dame de Saigon qui pleure la dissipation des vertus. Et cela, dix-sept années après la « chute » de Saigon. Ah oui, l'Histoire est folle ! Tout de même...

Nous passons au bar du Boss Hôtel qui est mitoyen.

La serveuse est plus impassible, les consommations toujours tarifées en dollars. Le silence du *business* y est à peine troublé par d'austères chuchotements. À notre table, bientôt, s'installe un play-boy d'à peine quarante ans. Appelons-le M. Tuan. C'est un héros emblématique du Vietnam d'aujourd'hui. Son passeport est suisse, sa mère saigonaise installée à Los Angeles, son père californien. Mais son oncle est lieutenant-colonel de l'ex-armée nord-vietnamienne. Tuan est un *Vietkieu* aux dents blanches et aux relations utiles, formé dans les meilleures *business schools* américaines. Une Chinoise de Cholon, toute en jambes et en buste, l'accompagne de ses déhanchements et, docile, pose son menton sur ses genoux pour l'écouter parler. Il dit : « C'est ma femme numéro trois. »

Tuan fait des affaires. Il est au mieux avec certains cadres communistes de haut niveau. Il court, d'une *joint-venture* à l'autre, navigue entre Los Angeles, Paris et Hanoi, parfaitement à l'aise dans ce Vietnam « rénové ». Tuan est l'archétype de ces *yuppies* entreprenants qui ont surgi dans tout le pays. Génération pragmatique et pressée qui, comme à Moscou ou à Varsovie, se substitue aux gérontes du Parti et aux soldats-héros en demi-solde. Le Boss Hôtel est l'un de ses quartiers généraux. Accessoirement, on y croise le propre gendre du secrétaire général du Parti communiste, M. Do Moï, en discussion serrée avec un manager mirobolant.

Commentaire final de Tuan sur ses activités à Hanoi : *« Des pots-de-vin, d'accord. Mais pas plus de 5 % du montant de l'affaire. Et payables après. J'en fais une question de morale. »*

# La petite fille sur le bac…

On fait le fier, forcément. Les voyages ne forment pas seulement l'entendement. Ils aiguisent, dit-on, le regard et vous raffermissent l'âme. Peut-être même qu'à la longue ils verrouillent en vous quelque chose. On ne peut arpenter tous les désastres sans protection intérieure ; on ne court pas les incendies du monde et les détresses lointaines sans se claquemurer, mine de rien, dans une dureté *minimale*. Sans elle, tiendrait-on bien longtemps debout sur le chemin ? Tous les vrais voyages – et certains plus que d'autres – se font en apnée.

Avec Raymond, nous poursuivons donc cette traversée du Vietnam en riant un peu trop fort. Nous tournons en farces certaines découvertes, nous ironisons sur les nostalgies inquiètes qui, de loin en loin, nous assiègent. Nous dissipons quelques vagues à l'âme plus précis – ou plus personnels – en nous moquant des frayeurs « sudistes » de M^me^ D. Nous chassons

*Haiphong… le port.*

*… bac + bac…*

*Ici c'est le Nord, avec ses charmes et ses systèmes D…*

*…une petite ferme et une jeune fille…*

l'esprit de sérieux en nous esclaffant souvent, le soir, dans les hôtels. Quand Raymond reparle une fois encore, comme par mégarde, de Gilles Caron – son ami –, disparu au Cambodge en 1970, je bouscule instinctivement la conversation. Lorsque je me souviens à voix haute de certains noms, il blague bruyamment, juste quand il le faut. Nous nous tenons, en somme, mutuellement à l'œil, chacun prémunissant l'autre contre un excès d'abandon. L'apnée mentale...

Il en résulte que nous transportons avec nous quelque chose comme un trop-plein de paroles, un lourd fret d'émotions retenues. C'est bien ainsi et c'est bien le moins. Pourrions-nous une seule seconde, dans cette déroute, planter nos états d'âme ? Que pèseraient, rapportés à cette errance inquiète de soixante-cinq millions d'hommes et de femmes, les troubles indécis qui nous habitent devant ce naufrage final de « l'affaire Vietnam » qui signe la fin d'une époque ? Et, sans cesse, tout au long du chemin, nous redit notre âge...

Il n'est pas très important pour le Vietnam lui-même que nous ayons vingt ans de plus ! Nos amertumes devant l'évidente, l'insupportable, l'incroyable inutilité *rétrospective* des massacres vietnamiens ne sont pas d'une grande utilité pour les survivants. En tenant à l'œil ces sentiments intempestifs, nous ne veillons pas seulement à nous en protéger. Nous obéissons à ce qu'il faut bien appeler la décence.

Mais faisant cela, bien sûr, nous accumulons en nous je ne sais quel poids de silences et de ruminations. Nous nous sentons lourds, parfois, comme chargés de murmures. Il s'ensuit, au hasard du voyage, des colères impromptues, des hésitations et des atermoiements qui déconcertent M^me^ D. Il arrive que Raymond s'emporte pour des histoires de lumière et d'horaires, puis se ravise et se taise. Je chipote sur les haltes et les kilomètres avant de mesurer mon propre ridicule. Bouffées étranges, clapotis nerveux… Nous nous sentons étrangement comptables de la moindre matinée, responsables du plus petit détail d'itinéraire. Comme si ce voyage-là ne pouvait s'autoriser, à aucun moment, la splendide innocence du voyageur. Au demeurant, nous parlons sans cesse de « revenir encore » alors même que nous ne sommes pas encore partis. C'est absurde, mais est-ce par hasard ?

Je ne rapporte pas sans raison ces péripéties. Elles disent assez bien, je crois, l'ambiguïté de ce *retour* que nous ne voulions pas si grave. Et qui l'est malgré nous. À preuve ces vraies larmes, au moins une fois. Comme si avait fusé, l'espace d'une seconde, un peu de ces silences.

Voici la scène.

Sur le bac de Pha Binh, entre Haiphong et la baie d'Along, dix ou douze petites vendeuses m'assaillent, me harcèlent, me tirent la manche. L'épisode nous est familier. Nous en sourions, nous refusons ordinairement toutes les marchandises proposées avec ce qu'il faut de fermeté et de sourires pour échapper au traquenard sans brutalité. Nous comptons le plus souvent sur l'usure et la patience, quoique à ce jeu-là les fillettes soient redoutables. Cette fois donc, comme à l'accoutumée, je secoue la tête en écartant doucement de la main les babioles qu'on m'offre. Cela ne suffit pas. Les gamines n'ont pas dix ans. Elles attrapent mon bras à tour de rôle, articulent quelques mots de français, rivalisent de supplications et de chatteries.

Tout autour, les passagers du bac s'amusent de me voir empêtré. Les vingt minutes que dure la traversée me livrent, sans échappatoire possible, à ces enfants qui s'obstinent. « S'il vous plaît… S'il vous plaît… » Leurs assauts ne témoignent pas seulement d'une énergie commerciale désarmante, renforcée par un art de séduire sans égal, ils laissent également entrevoir, derrière les sourires d'enfants et les minauderies, une compétition *pour de vrai*.

Que faire ? Se fâcher ? Brusquer les choses ? Facile à dire… De loin, Raymond observe mon embarras au milieu de cette petite meute piaillante. Il me sent céder. L'une vend des cigarettes, l'autre brandit un Coca, une autre encore – à peine six ans – agite des paquets de chewing-gums. Mais le Coca est tiède, les cigarettes sont trop blondes et je n'aime pas le chewing-gum. Autour de moi, l'insistance est joyeuse et vociférante; comme dans un jeu dont chacun sent que le dénouement approche. Le bac d'ailleurs aborde l'autre rive.

À tout prendre, les cigarettes ne seront pas totalement inutiles. J'en prends résolument un paquet à celle qui les vend en récusant, d'un geste à peine énervé, les autres propositions.

C'est alors que les larmes jaillissent.

Mais attention! Ce sont des larmes fortes et graves, comme un désespoir qui, soudain, ne se cache plus et n'appelle pas l'ironie. La plus petite des vendeuses, celle qui brandissait des chewing-gums, vient d'éclater en sanglots. Bruyamment, interminablement. Elle hoquette, court dans tous les sens au milieu des passagers qui débarquent. Ses lèvres tremblent, elle frotte ses yeux et macule son visage d'une poussière noire.

Les autres gamines ont détalé. Je suis seul face à ce presque bébé dont la respiration est hachée par la violence des sanglots. Je propose précipitamment d'acheter tous ses chewing-gums. Et bien plus encore, s'il le faut. C'est trop tard. Cela ne semble même plus l'intéresser. J'insiste, mais en vain. La fillette se cache derrière ses mains, ses pleurs redoublent. Il n'y a plus, cette fois, une quelconque petite vendeuse qui tenterait sa chance en jouant au commerce avec un visiteur occidental. Il n'y a que le désespoir inconsolable d'un enfant pauvre et *immensément* malheureux.

J'achète tout, de force, et je caresse ses cheveux.

Piteux.

# Conjectures et chuchotements…

Comme autrefois, évidemment, nous rencontrons aussi des diplomates et des confrères, des conseillers éminents et des politiques. À Hanoi, nous courons éplucher les dépêches au siège de l'AFP, déjeuner à l'ambassade, nous faire dire par le menu ce qu'il convient de savoir – ou de subodorer – des affaires politiques du Vietnam. C'est un rituel respectable, un moment qui m'est devenu familier. En vingt ans, j'ai consacré le temps qu'il fallait à ces conjectures de chancelleries, à ces rencontres « au meilleur niveau », à ces examens minutieux du présent et de l'avenir. Normal ! Vient toujours un moment du voyage où il faut évaluer les chances respectives des « libéraux » et des « durs », soupeser la réalité d'une « ouverture » diplomatique, scruter la « tension » sur les frontières, chiffrer la déroute d'une économie, écouter des opposants dans l'arrière-salle d'un café, s'interroger sur les intentions – et les moyens – de la diplomatie française. Et tout le reste…

Nous n'y manquons pas.

J'entends à Hanoi de sombres pronostics sur la détermination de la « vieille garde » communiste à se maintenir au pouvoir. Je note ce qu'il convient de savoir sur la mise à l'écart des « prochinois ». J'écoute des propos plus circonspects sur les risques – toujours présents – d'un dérapage vers une guerre civile recommencée entre le Nord et le Sud. (« Il y a des rancœurs accumulées. Et puis le régime ne contrôle plus tout à fait la situation… ») D'autres m'assurent au contraire que le souci principal du Vietnam – celui de réintégrer son environnement régional asiatique après s'être tiré du bourbier cambodgien – est un gage de prudence et de souplesse. D'autres encore insistent sur l'étape « décisive » que représentera, bientôt, la levée officielle de l'embargo américain et l'arrivée subséquente des plus gros investisseurs. Des interlocuteurs, vietnamiens ceux-là, m'adjurent enfin de ne point ménager la sottise impavide des staliniens responsables d'un si pathétique gâchis, souillés du sang des épurations, liquidations, éliminations successives et cramponnés aujourd'hui à un pouvoir que ne légitime plus aucune vraie conviction. (« Que votre amour du Vietnam ne vous ferme pas les yeux ! »)

Mais pourquoi, diable, tairais-je cela ? Pourquoi n'écrirais-je pas ce qui est ? La bêtise et la corruption, la trahison des héros et l'oubli des sacrifices, l'entêtement à front de taureau de ces vieillards faillis qui comptent seulement les jours et gagnent un peu de temps avant que ne les submerge, forcément, le flot de cette innombrable jeunesse au regard neuf. Pourquoi serais-je indulgent ? Je ne suis pas « en compte » avec le Vietnam d'aujourd'hui (qui donc l'est encore, d'ailleurs ?) ; je n'ai personne à punir ni à ménager. Le Vietnam est entré dans une histoire, celle de l'extrême Asie, qui n'est plus la nôtre. Si, chez nous, un ultime aveuglement menace encore ce pays, il n'a plus rien à faire, cette fois, avec la guerre idéologique et se résume d'un mot : indifférence.

Ainsi, j'écoute ces thèses et antithèses, ces analyses et ces « excuses » avec une liberté légère, une froideur distanciée qui eût été inimaginable jadis. J'objecte parfois courtoisement et l'on me répond sur le même ton. Comme si le Vietnam avait accédé à un statut d'objet simplement *neutre*, intéressant et hypothétique.

Mais d'où vient, cette fois, que ma curiosité s'émousse ?

L'envie m'habite, chaque fois, d'abréger ces conversations. À l'AFP, je repose vite la planche des dépêches « intérieures », avec une lassitude avouée. L'intarissable érudition des « observateurs bien informés » ne me passionne plus vraiment.

Je renonce à noter l'infinité des nuances idéologiques, les dosages supposés du bureau politique et du comité central où se joue la compétition convenue entre les « durs » et les « mous ».

Pourquoi ?

Je le sais bien, au fond.

La politique n'est pas – ou plus – l'essentiel dans ce Vietnam qu'une fermentation gigantesque a saisi et métamorphose déjà, sous la croûte des mots et l'écume des circonstances. La politique, pour un temps indéterminé, n'a plus désormais prise que sur le très court terme et l'apparence. Comme si, venue des profondeurs, une vague confuse s'avançait, qui rendait vaines les hypothèses, vaguement byzantines, de la marxologie. Je me souviens, ici à Hanoi, de certains soirs de 1989, vécus à Prague, Budapest ou même Tirana. J'y écoutais de savants débats sur les « tendances » et les « courants » tandis qu'au-dehors se formait la houle des foules. Des foules qui, plutôt que d'arbitrer entre les joueurs, changeraient bientôt la partie tout entière.

Certes, aucune foule ne remue encore dans les villes du Vietnam. Mais, dans les rues, dans les familles, dans les esprits, la partie n'est-elle pas en train de changer ? N'a-t-elle pas *d'ores et déjà* changé ?

J'ai d'autres hypothèses encore. Les voilà : je ne repense plus sans colère au Vietnam d'il y a vingt ans et à l'usage qu'on en faisait. Un usage où entrait parfois plus de fièvre polémique que de sollicitude, plus de hâte cannibale que de curiosité réelle, plus de myopie volontaire que d'attention véritable. Ah, cet empressement à juger, à se choisir une posture, à définir une « ligne » ! Ah, cette jouissance narcissique du « préjugé » et de l'« engagement » ! Ah, cette « sympathie » si abstraite qu'elle se détourna derechef de son objet dès lors qu'il n'y eut plus matière à « dispute » ! La politique, dans ces cas-là, fut-elle autre chose que l'alibi paradoxal d'une incuriosité, le maquillage d'un simple dialogue avec soi-même ? Le Vietnam réel importait moins, dans le fond, que la cause dans laquelle, grâce à lui, on se drapait... Connaître et décrire ne comptait guère alors ; juger était la principale urgence.

Vingt ans après, qu'on me pardonne, tout m'incline à préférer l'inverse. Retournons dans les rues...

# L'artilleur de la baie d'Along

À tout voyage, il faut un terme. Nous finissons celui-ci à l'hôtel de la Plage, sur la baie d'Along : un groupe de pavillons datant de la colonisation française, avec salle à manger panoramique, véranda ouverte sur le large, fauteuils d'osier et balcons de bois dentelé. Les bâtiments d'époque sentent la sciure de bois et le thé chaud ; des immeubles plus géométriques les encadrent, des hôtels bon marché bâtis vers la fin des années soixante-dix dans le style moscovite. Along, à deux pas de la frontière chinoise, demeure la plage « chic » du Nord-Vietnam. Le général Giap y possède une villa qu'on aperçoit, flanquée d'une aire d'atterrissage pour hélicoptères, au sommet d'une colline. Des autobus amènent en fin de semaine des associations de vétérans ou d'anciens prisonniers de Poulo Condor. Ils s'y mêlent à une foule très « nomenklaturiste » qui envahit la plage jusqu'à la nuit.

Hier encore, les « camarades soviétiques » venaient nombreux sur la baie d'Along. Les panneaux en cyrillique, que nul n'a songé à enlever, en font foi. L'élégance un peu rêche, un peu « comité d'entreprise », de cette plage aussi, qui évoque des temps à peu près révolus.

Nous sommes heureux et désœuvrés. Un peu fourbus, peut-être… Chaque matin, Raymond compte les derniers films vierges qu'il lui reste et tâche de répartir cette pénurie. Le soir, nous marchons sous les filaos, les eucalyptus argentés, les cocotiers et les pins où crissent des cigales. Au large passent des barges de minerai tirées vers le port de Hong Gaï par de petits remorqueurs ; les barques des pêcheurs de langoustes appareillent, avec le soir, vers ce dédale de trois mille îlots auxquels les Français donnèrent jadis leurs noms : le Revolver, la Reine, la Banane, Cythère, la Noisette, le Polichinelle…

Je ne sais plus comment M. Huang B. a surgi au milieu de nous. Il porte des moustaches de *crooner*, un pantalon de toile et s'intéresse d'abord, en professionnel, à l'appareil photo de Raymond. Mais nous n'en restons pas là. M. Huang B. ne manque ni d'audace politique, ni d'informations, ni de cette « distance » qui garantit les bons témoignages. Photographe de plage, M. Huang B., dont nous devenons les amis, fut hier, et tout à la fois, artilleur à Haiphong, cadre communiste, héros du Parti, travailleur émigré en Pologne puis, en 1972,

*Hôtel de la plage sur la baie d'Along…*

*… que de photographes… !*

*…et de jeunes, sur cette plage…*

*… ici aussi, c'est l'été et les vacances…*

*… mais, dans la ville à côté, le travail continue.*

spectateur épouvanté des pilonnages américains sur la province de Quang Ninh. Aujourd'hui, il est revenu de tout cela. Au sens le plus politique du terme.

Y a-t-il une providence des voyageurs ? Je ne sais pas. L'irruption de M. Huang B. est un « coup » terriblement théâtral. Il se présente devant nous, à l'heure dite, comme pour récapituler un voyage et en tirer – bien malgré lui – la leçon. Nous voyons souvent M. Huang B. sur la plage d'Along. Nous nous asseyons sur un banc et il parle beaucoup, plus longtemps sans doute qu'il ne l'avait jamais fait dans sa vie.

En 1965-1966, M. Huang B., jeune *bo doï* communiste qui travaillait dans les chantiers, devint artilleur dans un faubourg du port d'Haiphong. Il commandait une batterie antiaérienne lorsque Lyndon Johnson déclencha les premiers bombardements – l'opération « Tonnerre » – sur le Nord-Vietnam. Il se souvient des quartiers en feu à Haiphong, il entend encore le bruit des sirènes et le murmure indéfinissable des bombes tombant des B-52 à très haute altitude. Le bruit des huit réacteurs de chaque appareil ne parvient pas, à cette distance, jusqu'au sol. Seul y est audible le chuintement de l'air sur les chapelets de bombes tombant du ciel. La « mort qui murmure », disaient les Nord-Vietnamiens. En 1966, la chance sourit à M. Huang B. : sa batterie descendit un chasseur bombardier Phantom américain. Promu héros de l'armée populaire, il fut décoré.

L'année suivante, pour récompenser ce fait d'armes, on l'envoya en stage aux chantiers navals de Stettin, dans la Pologne communiste de Gomulka. Il raconte, par le menu, l'incroyable voyage en chemin de fer qui, de Hanoi, le conduisit à Varsovie à travers la Mandchourie, la Sibérie et l'Ukraine : onze jours et onze nuits de train pour ce jeune héros vietnamien qui n'était jamais sorti de sa province de Quang Ninh. Huang B. se trouva donc en Pologne lorsque éclatèrent, en décembre 1970, sur les chantiers navals de Gdansk et Gdynia, les grèves, puis l'insurrection ouvrière qui chassa Gomulka du pouvoir et qui annonçait, avec dix années d'avance, la naissance de Solidarnosc.

Consigné dans son foyer de travailleurs, comme tous les immigrés vietnamiens, Huang B. n'en conçut pas moins ses premiers doutes quant à la dictature du prolétariat et le marxisme-léninisme. Il apprit tout à la fois le polonais et certains arrangements avec le dogme.

Revenu au Vietnam en 1970, il reprit son travail aux chantiers navals de Quang Ninh, équipés et aidés par la Pologne. Il y était encore lorsqu'en avril 1972 les bombardements américains reprirent, en réponse à l'offensive de Vô Nguyên Giap sur le 17e parallèle. Les pilonnages durèrent douze jours et douze nuits, ravageant la province de Quang Ninh et rasant le port de Hong Gaï, sur la baie d'Along. Évoquant cette époque, Huang B. tient à nous montrer l'ancien centre culturel nippo-vietnamien, en bordure des quais, où des centaines de civils furent ensevelis sous les décombres. « On a mis plusieurs semaines pour dégager les corps », dit-il.

Il agite le bras vers l'horizon, montre des hôtels et des villages de pêcheurs. « Tout était détruit ici. Lorsqu'ils revenaient de Hanoi, les B-52 vidaient leurs soutes ici. Nous vivions dans des souterrains. »

Il y a longtemps. Il y a vingt ans.

Aujourd'hui, M. Huang B. a quitté le Parti, il ne croit plus au communisme ni à la révolution. Les chantiers navals de Quang Ninh sont en quasi-faillite. Ceux des ouvriers qui n'ont pas été licenciés ne travaillent que six mois par an. On a reconstruit le port de Hong Gaï, le centre culturel nippo-vietnamien et les hôtels de la baie d'Along. M. Huang B. s'est inventé un métier de photographe de plage et travaille avec un 24 × 36 reflex fabriqué en RDA.

Il parle doucement, sans colère, des illusions perdues.

« Maintenant, tous les cadres du Parti sont corrompus. Moi, j'ai préféré redevenir un citoyen de base. Mais je suis inquiet pour mes enfants. Autrefois, on pouvait facilement trouver du travail et placer ses enfants à l'université. Maintenant, c'est avec de l'argent que cela se passe. Pour inscrire ma fille à l'université, il faudrait que je paie 150 dollars. Je ne les ai pas.

« Aujourd'hui, voyez-vous, tout le monde est fasciné par l'Amérique. Même la Russie, qui est la source du communisme... C'est à croire que le Vietnam sera toujours l'esclave d'une grande puissance. Avant-hier la Chine, hier la Russie, demain l'Amérique. Mais qu'y puis-je ? Je ne suis qu'un grain de sable sur la baie d'Along... »

Il m'a semblé qu'en prononçant ces derniers mots M. Huang B. souriait.

Mais je n'en suis pas sûr.

## OUVRAGES DE JEAN-CLAUDE GUILLEBAUD

Les Jours terribles d'Israël
*Seuil, « L'Histoire immédiate », 1974*

Les Confettis de l'Empire
*Seuil, « L'Histoire immédiate », 1976*

Les Années orphelines
*Seuil, « Intervention », 1978*

Un voyage vers l'Asie
*Seuil, 1979*
*et « Point Actuels », n° 37*

Un voyage en Océanie
*Seuil, 1980*
*et « Points Actuels », n° 49*

L'Ancienne comédie
*roman*
*Seuil, 1984*

Le Voyage à Keren
*roman*
*prix Roger-Nimier*
*Arléa, 1988*

L'Accent du pays
*Seuil, 1990*

Cabu en Amérique
*(en collaboration avec Cabu et Laurent Joffrin)*
*Seuil, « L'Histoire immédiate », 1990*

Sauve qui peut à l'Est
*(en collaboration avec Cabu)*
*Seuil, « L'Histoire immédiate », 1991*

Le Rendez-vous d'Irkoutsk
*Arléa, 1991*

Sur la Route des Croisades
*Arléa, 1993*
*et « Points » n° P84*

La Trahison des Lumières
*prix Jean-Jacques-Rousseau*
*Seuil, 1995*
*et « Points » n° P257*

Écoutez voir !
*Arléa, 1996*

La Porte des Larmes
*(en collaboration avec Raymond Depardon)*
*Seuil, 1996*

La Tyrannie du plaisir
*prix Renaudot essai*
*Seuil, 1998*
*et « Points » n° P668*

La Traversée du monde
*Arléa, 1998*

La Refondation du monde
*Seuil, 1999*
*et « Points », n° P795*

L'Esprit du lieu
*Arléa, 2000*

Le Principe d'humanité

*Grand Prix européen de l'essai*
*Seuil, 2001*
*et « Points », n° P1027*

Istanbul

*(en collaboration avec Marc Riboud)*
*Imprimerie nationale, 2003*

Le Goût de l'avenir

*Seuil, 2003*
*et « Points », n° P1254*

La Force de conviction
À quoi pouvons-nous croire ?

*Seuil, 2005*
*et « Points essais », n° 552*

La psychanalyse peut-elle guérir ?

*(en collaboration avec Armand Abecassis et Juan David Nasio.*
*sous la direction d'Alain Houziaux)*
*Éditions de l'Atelier, 2005*

La Mémoire, pour quoi faire ?

*(en collaboration avec François Dosse, Alain Finkelkraut,*
*sous la direction d'Alain Houziaux)*
*Éditions de l'Atelier, 2006*

Comment je suis redevenu chrétien

*Albin Michel, 2007*

## Ouvrages de Raymond Depardon

Jeux Olympiques de Mexico
*(en collaboration avec Yves Nouchi)*
*Solar, 1968*

Chili
*(en collaboration avec Chas Gerresten et David Burnett)*
*Robert Capa Gold Medal, 1974*

Tchad
*Gamma, 1977*

Gilles Caron reporter
*Le Chêne, 1977*

Notes
*Arfuyen, 1979*
*réédition avec* La Solitude heureuse du voyageur
*« Points », n° P1558*

Correspondance new-yorkaise
*Libération/Éditions de l'Étoile, 1981*

Le Désert américain
*Éditions de l'Étoile, 1983*

San Clemente
*Centre national de la photographie, 1984*

Les Fiancées de Saigon
*Les Cahiers du Cinéma, 1986*

Hivers
*Arfuyen, 1987*

Vues
*Le Monde, 1988*

La Pointe du Raz
*Marval, 1991*

Depardon Cinéma
*(en collaboration avec Frédéric Sabouraud)*
*Les Cahiers du Cinéma, 1993*

La Ferme du Garet
*Carré, 1995*
*Actes Sud, 1997 et 2003*

La Porte des larmes.
Retour vers l'Abyssinie
*(en collaboration avec Jean-Claude Guillebaud)*
*Seuil, 1996*
*et « Points », n° P1657*

En Afrique
*Seuil, 1996*

100 photos pour défendre la liberté de la presse
*Reporters sans frontières, 1997*

Depardon Voyages
*Hazan, 1998*

La Solitude heureuse du voyageur
*Musées de Marseille, 1998*
*et réédition précédée de* Notes
*« Points », n° P1558*

Silence rompu
*La Joie de Lire, Genève 1998*

Raymond Depardon
*(texte de Michel Guerrin)*
*CNP Nathan, « Photo-poche », n° 81, 1999*
*et Actes Sud, 2006*

Rêves de désert
*(en collaboration avec Titouan Lamazou)*
*Fondation Cartier pour l'art contemporain, 2000*

Détours
*Maison Européenne de la Photographie, 2000*

À tombeau ouvert
*(collectif, dirigé par Josée Landrieu, photographies Raymond Depardon)*
*Autrement, 2000*

Corse
*(en collaboration avec Jean-Noël Pancrazi)*
*Seuil, 2000*
*et « Points », n° P1209*

Errance
*Seuil, 2000*
*et « Points », n° P1099*

Visa V.
*Littoral/Piétinements, parcours.*
*La pointe du Raz*
*Filigranes éditions, 2002*

Désert, un homme sans l'Occident
*Seuil, 2003*

Paroles prisonnières
*Seuil, 2004*

J.O.
*Seuil, 2004*

Paris, journal
*Hazan, 2004*

Images politiques
*La Fabrique, 2004*

7 x 3, une exposition de films
*Fondation Cartier pour l'art contemporain*
*Actes Sud, 2004*

Afriques
*Hazan, 2005*

Photographies de personnalités politiques
*(en collaboration avec Jean Lacouture)*
*Seuil, 2006*
*et « Points », n° P1649*

Depardon - New York
*(en collaboration avec Alain Bergala)*
*Cahiers du Cinéma, 2006*

Raymond Depardon
*(introduction de Michel Guerrin)*
*Actes Sud, 2006*

Villes
*STEIDL/Actes Sud, 2007*

Le Désert américain
*(en collaboration avec Serge Toubiana)*
*Hazan, 2007*

Point de vue
*(en collaboration avec Christian Caujolle)*
*Éditions de l'Aube, 2007*

1968
Une année autour du monde
*Points, n°P1865*

Achevé d'imprimer sur les presses de IMP Blanchard
Dépôt légal : octobre 2006 - N° 90123-2
N° d'imprimeur : P4087
Imprimé en France